______________ 님께

이전의 저를 추억해 주시고,
또한 작가로서의 저를 기억해 주는
많은 분들이 제 곁에 존재하고
있다는 것은 얼마나 다행스럽고,
또한 행복한 일인지요…!

2024년 가을에
작가, 김윤미 드림

오랜 추억들이
붉은 꽃으로 찾아와

오랜 추억들이 붉은 꽃으로 찾아와

김윤미 지음

좋은땅

목차

● 수필 모음: 세상의 먼 길을 걸으며

● 포토 에세이 : 내 삶의 소소한 여행기

● 콩트(짧은 단편) 모음

작가의 말

정신없이 '세 번째 책'의 원고를 넘기고 나니, 벌써 창가에는 꽃망울이 맺히기 시작하며, 봄이 다가오고 있었다. 그게 올해 봄의 일이다. 3월 중순에 책이 나오는 것을 보고, 나는 급히 미국으로 향했다. 미국에 있는 내 큰딸의 생일을 같이 축하해 주고 싶어서 서두른 귀향이었다. 이제 나의 고향이 된 미국에서 편안히 시간을 보내면서 쓴 글들을 모아 '네 번째 책'의 교정을 보고 있는데, 어느새 내 서재의 나지막한 창가에서는 여름의 새파랗던 나뭇잎들이 고개를 떨구고, 낙엽으로 서서히 질 준비를 하고 있는 것이다. 나는 창가의 풍경이 바뀌는 이 계절을 사랑하지만, 한편 이렇게 빠른 시간의 흐름에는 다소 망연자실하기도 하다. 이 책은 주로 한국에서 써 내려간 시와 수필, 그리고 내 친구들과 떠난 소소한 여행의 감동과 내가 직접 찍은 사진들 위주로 꾸며 보았다. 내 책에는 활자가 주는 기쁨도 있지만, 이 소중하고, 아름다운 세상을 그대로 담은 사진이 주는 위로도 또한 클 것이라 믿는다. 특히 '여행 에세이'를 쓰는 나를 배려해서 친구들은 내 옆에서 긴 기다림을 마다하지 않았다. 그런 이유로 나는 열심히 다니는 곳마다 사진을 찍고, 그 모든 사진들과 쉽지 않았던 기다림의 긴 과정들이 고스란히 내 책에 올라가게 된 것이다.

글을 시작하면서, 내 책의 독자가 되어 주신 많은 분들과 내 이야기 속의 많은 친구들에게 진심으로 감사함을 전한다. 이전의 나를 추억하고, 또한 작가로서의 나를 기억해 주는 많은 사람들이 내 곁에 존재하고 있다는 것은 얼마나 다행스럽고, 행복한 일인가…!

시 모음:
그리운 이에게 주는 편지

오랜 추억들이 붉은 꽃으로 찾아와…

오랜 추억들이 붉은 꽃으로 찾아와

내 곁에서 아름답게 꽃피는 것을 그리워했다.

그 꽃에는 봄이면 온갖 벌, 나비도 날아들고

밤에는 향기가 짙어서 누구라도 찾아오지 않았으리.

나는 내 소중한 인연들이 꽃으로 찾아와

내 곁에서 아름다운 빛깔의 꽃으로 피고

밤에는 이름 모를 반짝이는 뭇별로

내 하늘 위에서 동그랗게 떠다니는 꿈을 꾸었다.

삶은, 이다지도 알 수 없는 세월의 강물 속에

너와 나의 긴 이야기를 저 바위틈에 고이고이

숨겨 놓았나…!

무제 1(편지)

요즘은 예측이 어려운 날씨의 연속입니다.

어제는 빗속을 걸었고요.
오늘은 바람 속으로 나갔다가
포기하고 들어왔습니다.
때로는 받아들이고
때로는 항복하기도 하는 날들입니다.

언젠가 제게도 예측이 무의미한
그런 날이 오겠지요.
그때까진 열심히 삶을 흔드는 징조들을
파악해 보려 합니다.

어느 곳에 계시든 그리운 이여…!
내내 여여하십시오.

무제 2(삶)

내 조그만 창으로 겨울의
찬 바람이 새어 나가네.
내게 안부를 물어보던
2월의 작은 새 한 마리
저 남쪽으로 떠나 버리고
나의 오랜 벗이여,
이제 봄이 오면 다시
이곳으로 돌아오려나…!

별이 총총히 지던,
쓸쓸한 언덕 가에
나 홀로 외로이 서 있다.
나도 저 강물 따라 흘러가고프다.
흐르는 물은 물대로
소리치며 흘러가고, 먼 산은
저만치에 혼자 서 있다.

따라온 구름이
내 머리 위에 가만히 떠 있는데,
나도 빛나는 별이 되어

저 하늘가에 매달린 달빛 따라…

하늘의 뭉게뭉게 흰 구름 따라

저 멀리에서 너와 함께 가만히 흘러가고프다.

무제 3(기원)

나는 그대들이 오래도록 행복했으면 좋겠다.

우리가 걸어온 삶의 길에서 때로는 비 맞고,
슬픔에 옷이 젖어도, 이 세찬 비 뒤에는
황홀한 무지개가 뜰 것을 믿기에…
오늘도 나는 대답 없는 그대들이 걷고 있는,
그 고단한 길을 한결같은 마음으로 응원하리라.

어느새 겨울은 가고 봄이 찾아온 건가?

이제, 겨울 눈비 내린 습한 날씨를 벗어나,
가만히 귀 기울이면 얼음장 아래에서,
쌓인 눈 더미 아래에서 흔적도 없던 새싹들이
햇살을 받아 보스름히 돋아나고
네 긴 한숨이 봄빛 햇살을 받아, 드디어
환한 미소로 꽃 피어나기를…

전철역 앞, 늙은 고목나무로부터…

삶이 그대에게 무엇이라 할까?
어쩌다 사랑을 잃고서,
그 긴 외로움을 견디어 낸
나의 고독한 친구들이여.

나, 그대의 외로움을 항상
저 멀리에서 바라만 보았다고…
그늘진 그대의 등과 고독한 얼굴을
나, 외면하지 못했노라고…

이제 꽃처럼 활짝 피어날
그대의 얼굴에
어제와는 다른
눈부신 햇살만이 가득하길…

이 오래된 고목나무가
굳건히 서서 한결같이 비나니,

내 친구, 사랑하는 먼 그대들이여.
어제보다 더 강건해지기를

이제는 눈물겨운 그대들의

행복한 날만이 끝없이 이어지기를…!

아… 봄이다!

이토록 콧방울이 간지러운 계절이라니….

죽은 듯 보이던 고목에 새파란 움이 터 오르고
그 안에는 갖가지의 이쁜 봄꽃이 숨죽이고 있다가
어느 날, 봄바람이 못 견디게 가지를 간지럽히면,
재채기하듯 자신의 꽃망울을 툭, 터뜨린다!

어느덧… 내 큰 창가에는 봄이 한창이다.
오후에는 선풍기를 틀고 반팔 옷을 입는다.
저녁나절에도, 이제 더 이상
난방 보일러가 돌아가질 않는다.

아… 봄이다!

눈물겹게 그리운 내 고향의 봄이다!

사랑하는 마음으로

꽃보다 아름다운 마음을 받았다.
온통 꽃으로 가득한 바구니!
사랑하는 마음을 꼭꼭 눌러 담은 바구니에,
4월의 꽃보다 더 아름다운 꽃들이
활짝 피어서 웃고 있다.

사랑하는 마음이 무엇이길래
이토록 향기롭게 피어난 것인지
사랑함은 이토록 가슴 시리듯이
애틋한 것인지…
벚꽃처럼 흩날리는 꽃송이들이
내게 나지막이 속삭인다.

"사랑한다. 그리고 또 사랑한다."고….

시린 가슴, 저 한편에서부터
향기로운 노란색,
너를 닮은 분홍색,
나를 닮은 보랏빛 꽃물이 가득 차오른다.
내 마음속에는 슬픔인지, 기쁨인지

혹은 행복감인지 모를 뒤엉킨 감정들이

아스라이 저 봄을 보내는 마음처럼

저 먼 길가에 애처롭게 피어나고 있는 것이다.

5월, 목련의 노래

모든 생명이 환한 꽃으로 피어나는
5월의 어느 날이었지.

내 마음속에도 어디선가
하얀 목련 나무 하나,
곱게 꽃피고 있었는데…,
아… 그 잔가지 가득히 수천,
수백의 하얀 목련이
일제히 피어났었지.

그 환한 목련꽃이
봄 가득히 피어날 적에
나는 내내 잠을 설치고…,
그 빛이 눈부셔서 차마
바라볼 수조차 없었지.

그렇게 봄은 내 곁에서
하얀 손 곱게 흔들며 멀어져 갔었지.

봄과 겨울 사이

미시령 고개를 넘어가는 길….
드디어 굵은 빗줄기가 후드득 떨어진다.
차라리 눈 대신 비가 와서 다행이다.

산비탈에는 소나무와 은사시나무가 마치
그려 놓은 그림들처럼 위태롭게 서 있다.
은사시나무는 저 홀로 하얗게 빛나고,
하늘 향해 곧게 뻗은 소나무는 바람에
휘청거리고 있다.

겨울에서 봄으로 가는 긴 길목에
쌓인 눈이 녹아 졸졸 흐르고,
저 햇살은 마치 봄인 듯 다사롭다.

인연

연이 닿아, 소중한 한 사람을 만나는 것은
그 사람의 소우주가 내게 다가오는 것이다.

나 또한, 나를 중심으로 돌던 소우주가
그 사람의 우주와 만나게 되는 것이니…,

인간의 삶에서 가장 중요한 것은 만남.
그것도 '좋은 인연'일 것이다.

어찌 사람이 사람과의 만남을 가볍다 할 것인가!

이른 봄꽃

여리여리 이쁜 봄꽃,

집 앞에 한 무더기 곱게도 피었다.

여기저기 발길이 드문 들길에도

하천가 돌멩이만 수북한 거친 땅에도

다 아름다운 영혼으로 지천에 충만한 들꽃들이여…

누가 봐 주지 않아도, 네 이름을

불러주지 않아도

너는 한결같이 피어 웃고 있구나!

흰 박꽃의 안부를 묻다

아…! 내가 그 꽃을 본 적이 있었던가?
내 기억 속의 꽃인가? 상상 속에 꽃일까?
아니면 단지, 어느 사진 속의 꽃이었던가?
한 번은 본 듯도 하고, 아닌 듯도 하지만
보고 싶어서 가끔씩 생각나던 꽃이었다.

8월의 더운 여름날…
한국의 시골에 사는 나의 친한 벗이
내게 사진을 보내왔다.
깨끗하고 소박한 하얀색 꽃…
그것은 바로 '박꽃'이었다.

아… 벗은 어떻게 내 맘을 알았을까?
"박꽃이지?" 내가 물었다.
집 주위를 산책하다가
그 꽃이 보여, 사진을 찍어 멀리 있는
나에게 보냈단다.

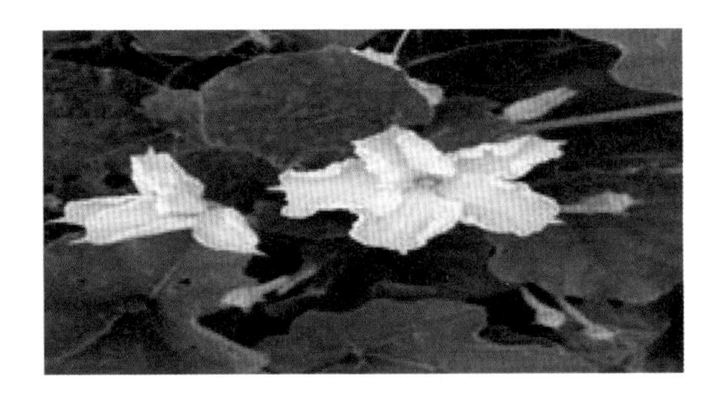

그 벗은 박꽃을 심지 않았으며,

나는 그 벗과 박꽃 이야기를 한 적이 없다.

그런데 그 꽃은 어디서 와서

그곳에 터를 잡고 꽃을 피웠을까?

나를 좋아하는 벗의 전화기에 실려서,

나에게 온 하얀 박꽃 사진을 한동안 바라보았다.

그리고 내 전화기 프로필 사진을

그것으로 바꾸었다.

가끔 어떤 이들은 나에게

그 꽃 이름을 물어보았다.

나는 벗에게 여름 내내

그 꽃의 안부를 종종 묻곤 했다.

여름비와 바람에

꽃잎이 스러지기도 하고,

뜨거운 태양 아래서는
밤을 그리워했을 터이지.

밤이 오면 하얀 얼굴로
풀벌레와 함께 노래도 했고
달이랑, 별이랑, 밤새
친구들과 고향 이야기도 하다가
새벽이 오면 찬 이슬로 목을 적셨을 터이지.

아…! 그 박꽃이 지고 있단다.

꽃이 진 자리에 동그란 박이 열려,
아기 주먹만 하더니 이제는 수박만 해졌단다.
벗이 박 위에 곁가지에 핀 박꽃을 올려놓고
찍은 사진을, 내게 보내 주었다.

긴 여름날은 가고,

박꽃 줄기는 메말라 가는데,
다른 한 옆엔
때늦은 박꽃 몇 개가 애처롭게
피어 있다고 했다.

다가온 가을이 바람을 불러,
그 꽃들에게 "그저 꽃으로만 살다 가야 한다."
라고 말하라 했겠지.
"너는 열매를 맺기엔 너무 늦었다…."라고!
오늘 같은 날 밤…!
저 하늘엔 박꽃같이 환한 달이
박처럼 둥글게 떠 있을 것이다.
아주 머나먼 곳에서
꽃의 안부를 궁금해하던 나.
그리고 박꽃에게 가서
내 맘을 대신 전해 주며
그 모습을 보내 주었던 나의 벗…

나, 나의 벗, 그리고 박꽃…
우리는 그렇게 서로의 안부를 물으며
긴 여름을 멀리서,
사진으로만 기억하며
서로를 애틋한 그리움 속에서 보냈다.

한겨울, 동백 이야기

모든 것이 얼어붙는 한겨울 밤이었다.

바깥의 모든 것이 꽁꽁 얼어붙는
한겨울이었는데, 어느 날
내 마음속에 붉은 동백꽃이
희한하게 가득히 핀 적이 있었더랬다.

아…! 한겨울에 핀,
눈물보다 더 처연한
내 선홍의 핏빛 같은 붉은 꽃…

너무 가슴 아파서
차마 그 붉은 동백이
피를 철철 흘리며 활짝
피는 것을,
나는 끝내 외면하고 말았지.

함박눈이 소복소복
길가에 내리던 밤이었던가…!

그 꽃들이 하염없이 지는지

내 귀에는 소리 없는 울음이

들리는 듯했었다.

긴 이별 후에 차오르던

너의 눈물처럼

내 속의 선홍색 피가

알알이 맺힌 붉은 꽃잎들은

뚝뚝…

찬 얼음 바닥에 나뒹굴면서

그만 저 아래로 추락하고 말았지.

내가 사랑하는 사람은

그 존재만으로도 빛이 되는 사람이 있다.
스스로 밝은 빛이 되어 빛나고
그 주위조차도 밝게 비춰 주는 사람.

이제 나도 나이가 들었다는 증거일까?
글 한 줄을 보아도, 그 사람이 보이고
그 사람의 얼굴만 얼핏 보아도,
그의 살아온 삶이 투영되어 보인다.

그 사람은 보통, 어떤 얼굴로
오후의 그 길을 걸어가는지…,
어떤 모습으로 사람들을 만나는지,
누구를 만나서
어떤 대화를 주고받을지,
환히 짐작이 되는 그런 사람이 있다.

나는 속이 환히 비치는
맑은 사람들이 좋다.
그런 사람들과 따스한 햇살이
내리쬐는 창가에서

향이 좋은 차를 오래도록

같이 마시고 싶다.

그런 사람들과 내 삶의

웃음과 눈물을 나누며

내 속의 착한 미소를 끄집어 내어

그들과 더불어 살아가고 싶은 것이다.

꽃과 나

나는 지금 한국의 아파트에 살고 있어서,
너른 텃밭은 없지만, 누구보다
꽃과 식물 가꾸기를 좋아한다.

나중에 시골에 작은 집을 짓고,
전원생활을 하고 싶은 소망이 있다.
철마다 집 앞 뜰에서는
꽃이 피고, 과일나무에서는
철마다 갖가지 과일이며,
봄에는 과일 향이 나는 하얗고,
분홍의 꽃이 필 것이다.

나는 방금 내린 향이 좋은
커피 한잔을 한 손에 들고,
오늘도 내게 찾아온 환한 아침을
늦여름의 뜨거운 햇살이 비치는 창가에서
마주할 것이다.

나는 이런 나의 삶이 좋다.

그다지 큰 욕심도 없이

하루하루의 삶이 평안하고 행복하다.

회상 1

새파란 나무처럼 푸르른 날에
피어오르는 붉은 꽃잎처럼 향기로운 순간에
나는 참 울고 싶은 순간들이 많았었다.

그때는 제대로 우는 방법을 몰랐고, 소리 내어
우는 것은, 내 자신을 초라하게 만드는 것 같아
늘 속에서 터져 나오는 울음을 삼키며 살았다.

누군가, 나에게 등을 토닥이면서,
"울어도 괜찮아.
시간이 지나면, 다 괜찮아질 거야…!"
라고 말해 주었다면 내 삶은,
내 인생은 많이 달라져 있을 것이다.

그때는 몰랐다.
삶이란 쉬어 가도 괜찮다는 것.
누군가에게 위로받으며
편안하게 살아가도 된다는 것.
삶의 목적지만 바라보고,
모든 것을 희생할 필요는 없었는데

이 나이에 새삼스런,

뒤늦은 후회가 많다.

회상 2

이때는 쓸쓸한 가을바람조차
달갑지 않으리.
그리움이 쌓인 저 달빛의 눈물조차도
아름답지 않으리.

오래 떠나 있던, 소식조차 모르던
먼 친구에게서 반가운 소식을 들었다.

긴 세월이 강처럼 흘러
내 앞에 아릿한 옛 추억과 눈물자국만
남은 그리움을 가져다 놓았을까?

회상 3

당신으로 인해
수많은 그리움의 길을 아프게 걸었지만
당신을 원망한 적은 한 번도 없어요.

누군가를, 내내 그렇게 그리움으로
칼에 베인 듯한 아릿한 아픔으로
그러나, 내 가는 길에 수많은
이름 없는 들꽃들을 보듯이
그렇게 나는 나의 삶을 살아온 거 같아요.

지금 누군가 나에게
"너는 지금 행복하냐?"라고, 묻는다면
나는 서슴없이 행복하다고, 말할 수 있어요.

당신이 있어서, 이렇게
같은 하늘 아래 숨 쉬고 있는데
내가 행복하지 않을 이유가 없는 거예요.

당신을, 내가 마음으로
깊이 사랑하였듯이

당신도, 그렇게 나를

사랑하고 있음이 느껴집니다.

나는 당신에게 나지막이 말해 봅니다.

"나…

당신이 있어서 행복하였노라고…

어느 순간도

행복하지 않은 날이 없었노라고…."

회상 4

이렇게 비가 하루 종일 내리는 날이면
나는 이상하게 지난 시간에 대한 후회가 많아요.
그것은 아쉬움이랄까요?
이미 흘려 버린 내 세월에 대한
깊은 회한이라 부르는 것이 맞겠지요?

기쁨과 행복, 즐거움보다는 주로
후회와 아쉬움이 많았어요.
그리고 무엇보다도 힘든 것은,
내가 그 인연들마다
최선을 다하지 못했다는 것이지요.

내가 가야 할 길, 그리고 내 앞의 갈 길이
너무나도 뚜렷했기에…
그러나 내가 가던 그 길가에도
아름다운 들꽃도 피고, 간간이 비도 내렸으며
저 건너편에는 노을 빛도 아름다웠겠지요.

철마다, 내가 가던 길가의 온갖 나무들은
색깔을 다르게 옷을 갈아입었을 것이며,

그 나무 위에선 온갖 아름다운 새들이,
이유 모를 슬픔에 소리 내어 울었었겠지요.

나는 차마, 고개를 돌리지 못했어요.
차라리 두 눈을 감고, 두 귀를 막고
살아간 세월이었지요.

그래서 지금 돌이켜 보건대
그 모든 시간들과 인연들이 내 곁에서
들꽃처럼 시들어 버렸던 것입니다.
이제 한참 시간이 흘러
들꽃처럼 아름다웠던 우리의 시간들을
되돌아봅니다.

지금 생각건대, 비가 내리던 날에도
들꽃들은 여전히 아름다웠고
창밖에서 내리던 세찬 빗소리는, 오래된
라디오에서 "치익 치익" 들리던 음악 같았었지요.
그 비에는 연한 들꽃 향기도
섞여 있었겠지요.
창가를 두드리며 내리던 그 빗소리는
음악 소리같이
아직도 내 마음속에 가득히 남아 있어요.

그렇게 빗속에서

당신은 가고

나는 홀로

들꽃 피는 들판에 남아 있습니다.

회상 5

헐벗은 나무들 사이로
북쪽에서 얼굴을 에는
차가운 바람이 불어옵니다.

엊그제는 봄꽃이 활짝 피더니
어제는 더운 장맛비가 하늘에서
한없이 내렸었지요.

어느새 눈을 들어 보니
가을이 되어, 낙엽이 꽃처럼 쌓이고
이젠 쓸쓸한 겨울바람만이 우리를
기다리고 있네요.

“이렇게 세월이 빠르던가요?”

손가락 사이로 세월이
바닷가 모래처럼 빠져나가고
나목의 쓸쓸한 노래만이
나에게 남아 있는데…

사랑한다는 그 말은,
사랑했었다는 그 맹세는
바람결에 연기처럼 홀연히
사라져 버리고 말았어요.
내게는 당신과 마셨던 '마로니에 다방'의
씁쓸한 커피 향만 입안에 남았네요.

외로운 당신!
당신에게는 바람의 외로운 노래 대신
황량한 겨울에도
저 하늘가에 피어오르는
빠알간 햇살 같은
따스함만이 깃들기를 바라요.

밤 일기 1

기쁜 일이 그동안 얼마나 있었을까?
슬픈 일은 그럼 얼마나 있었을까?

적막한 한밤에 창문을 열어
도시의 화려한 야경을 내다본다.

처음처럼… 처음처럼…!
초심을 잊지 말자고 몇 번이나
나에게 다짐하건만,

부질없이 밀려오는 세파에,
나는 이미 초심을
잊은 지 오래였다.

걷잡을 수 없는 슬픔이
저 안개처럼 밀려오는 밤….

밤 일기 2

이제 시름없이 온밤이 깊어 간다.

그러나 해 뜨기 전,

미명이 더 춥고 어두운 법!

나는 깊은 어둠 속에서

곧 밝아 올 미명을 기다린다.

2024년도 이렇게 해가 뜨고,

해가 지며, 그 시간들도 역시

우리 곁에서 서서히 저물어 갈까?

밤 일기 3

고적한 밤 향기에
소슬한 바람 냄새가 덧붙어도

저 한기 서린 겨울의 밤은
뾰족한 칼날처럼 시리다.

이 밤의 고독한 표정,
오직 새벽을 가르는 새 떼들만이
날갯짓으로 깨는 밤의 적막감…!

밤 일기 4

줄지어 선 나무들 사이에서 제각각
다른 빛으로 타오르던 것은 무엇인가…!

여전한 모습으로 선연히 타오르던
저 불꽃같은 삶의 모습들인가…!

미친 듯 사랑하다,
원수처럼 미워하다,
결국은 서로가 헤어지고 마는
안개 같은 우리의 삶이런가…!

밤 일기 5

12월이 되면서
북쪽의 먼 곳에서는
겨울바람이 쌀쌀하게 불었고요.

이 밤에는 온 세상을 밝힐 정도의
환한 달이 떴습니다.

아…! 그래서인가요?

오래전에 잊힌 한사람,
내내 그리운 사람의 이름이 문득,
서러운 달빛처럼 떠오릅니다.

그것은 슬픔이나,
가슴 시린 아쉬움이 아닌

추억의 흑백 사진 한 장처럼
기억 속에 뿌옇게
남기어져 있습니다.

다들 먼 곳에서 건강하신가요?

문득, 안부를 묻고 싶어지는

12월의 차가운 주말입니다.

아주 가끔은 나도

아주 가끔은 나도 이럴 때가 있다.
이른 봄 꽃샘바람 스쳐간 들녘에
작은 풀꽃으로 피어, 그곳에서 서성이는
외로운 길손의 말벗이 되고 싶다.

때로는 강렬한 여름
따가운 햇볕 속에 쏟아지는 한줄기
시원한 소나기이고 싶을 때가 있고
왕성한 초록의 계절을 보낸 잎새를
남은 열정으로 곱게 물들여 불태워 버린
저 홀가분한 겨울의 나목이고 싶다.

아주 가끔은 나도
세상을 자유롭게 훨훨 나르다가
어느 구석진 주막 누추한 모퉁이에도
주저하지 않고 살포시 내려앉아
살며시 감싸 주고 사라지는
하얀 눈꽃이고 싶다.
아주 가끔은 나도 이럴 때가 있다.
어느 비 오는 강가에 서성이면서

물 위에 떨어지는 빗방울처럼
아픔도 슬픔도 없이 떠다니다가
흔적도 없이 사라지는 물거품이고 싶다.

그러다가 아주 가끔은…!
치열한 삶의 대열에서 슬쩍 빠져나와
모든 걸 내려놓고, 나 홀로 아무도 모르는
어딘가로 훌쩍 떠나 버리고 싶을 때가 있다.

아주 가끔은
세상이 고요히 잠든 사이
깊은 잠, 못 이루고 서성이는
겨울에게서 침묵을 배우며
묵묵히 홀로 선 나무에게서는
굳건히 홀로 서는 법을 배운다.

때로는
매서운 겨울밤 공원에서
걷기운동을 하다가,
사람들의 눈을 피해
추위에 떨고 서 있는
큰 나무에게로 다가가
살며시 안아 주며

우리는 말 없는 대화를 나눈다.

그러고는 가끔씩
나뭇가지 사이로 비집고 걸터앉은
반쪽 달과 눈이 맞아
내 서글픈 반쪽 미소로 화답하기도 한다.

자유로운 영혼에다
약간은 염세적이고
역마살 기질까지 타고난 나는
비교적 안정된 가정에서 제법 많은
혜택을 받고 살았으나, 때로는…

때로는, 죄 많은 세상에서 원죄를 안고
인간으로 태어난 게 싫을 때가 있었고
'사람이 꽃보다 아름답다.'라는
말에 거부감을 느낄 때도 있었다.

그러다가 착한 남편을 만나
늘 마음 편하게 살았었으나, 가끔은
나 아닌 내가 불쑥불쑥 튀어나와
나를 당황스럽고 곤란하게 할 때도 있었다.

나는 신의 존재를 부정하는
'자연주의자'는 아니지만,
대자연을 창조하신 조물주를 믿기에
그분의 깊고 오묘한 손길이 닿아 있는
작은 풀꽃 하나에도 의미를 둔다.

아…그러고 보니,
내가 이렇게 살아서
숨 쉬고 있음조차도 신비롭고,
오묘하다.

긴 여름을 보내는 길목에서

며칠 내내, 긴 여름을 보내는 비가
추적추적 오래도 내린다.
아… 내일은 뜨거운 해라도
쨍쨍 비치면 좋으련만…

집 뒤편의 긴 베란다에
여름 이불이며, 칙칙한 양탄자를
내다 말리면, 거기엔 새하얀 여름의
햇빛 냄새가 배고
보송보송 푸른 바람 냄새도 실려서
이른 가을을 맞이하는 내 기분이
한결 좋아질 텐데…!

이른 저녁나절에는 큰 나무에 깃들인
이름 모를 풀벌레 소리가 노을 지는
붉은 하늘에 높게 울리네.

이제 곧 우리 집 뜰 앞에는
선선한 바람이 불 것이고,
꽃보다 더 아름다운 낙엽이 지는

쓸쓸한 가을이 다가오리라!

내내 마음속에 그리운
멀리 있는 친구들에게
나의 소소한 안부를 띄우며
그리움이 가득한 편지를 하고 싶다.

11월의 편지

가을이 점점 깊어 가면서
제 마음속에 가득 찬 말들이
낙엽처럼 쌓입니다.
당신에게 저는 오랫동안
하고픈 말들이 많았지요.

11월의 나무에는
외로운 새 한 마리,
가끔 아픈 울음을 토해 냅니다.
저기 몰려오는 검은 먹구름에
휘리릭…
외로운 새는 자기 둥지로 날아가고

저는 당신의 잊혀진 주소로,
오랫동안
가슴속에만 품고 있던,
이제는 기억조차 희미한 편지를 부칩니다.

어느 바람의 말

사람이어서 외롭다.

사랑이어서 괴롭다.

행복이어서 설렌다.

슬픔이어서 애닯다.

그게

너라서 그립다.

사랑받지 못해서

나는 늘 허기가 진다.

사는 게 뭐길래…

나는 늘 그리움 안고

떠돌아다니는 한줄기 바람이어라.

너에게

사람이 사람을 그리워해서
그를 보고파 하고, 가슴이
저려 오도록 생각이 나는 것은
그 얼마나 다사로운 일인가요?

사람이 사람들과 더불어
사랑을 나누고
따뜻한 정을 나누는 일은
가만히 피어 있는 꽃보다
얼마나 향기롭고
또 얼마나 따뜻한 일인가요?

내가 그대와 더불어
삶을 이야기할 수 있고
긴 인생의 길에서 다정한 벗으로
함께 살아가는 것은
그 얼마나 삶의 눈부신
순간이었던가요!

수필 모음:
세상의 먼 길을 걸으며

세월의 긴 강이 흘러서

요즈음, 이상하게 뒤를 돌아볼 일이 많아졌다. 시간적 여유도 있겠지만, 무엇보다도 마음의 여유가 생겨서일 것이다. 돌이켜 보면, 젊은 시절, 내내 안간힘 쓰던, 내 붉고도 아스라했던 '청춘의 때'를 이제 다 넘기고 난 후의 속 후련한 가벼움이리라.

그동안 연락하지 못했던, 한국에 있던 내 오랜 친구들에게 이번에 나온 책들을 소포로 부쳐 주었다. 그래도 구글에 검색하니, 그들의 삶의 현 주소가 나와 있음에 감사했다. 여전한 손 글씨체로 그들도 역시 나에게 자신들의 삶의 결과물들을 보내 주었는데, 그것을 보는 내 마음이 뭐랄까? 그 감정이 무엇인지 정확히는 모르겠지만, 속에서 울컥하는 감동이 있었다. 삶의 긴 강물을 이런저런 아픔과 긴 과정을 거쳐서, 이제 서서히 자신들의 목적지에 도달한 자들의 안식, 자신과 주위를 돌아볼 수 있는 여유가 있어서 좋았다. '단순히 좋다.'라는 감정이 아닌 속이 후련해지는 이 감정은 그동안 안개처럼 가려져 있었던 과거의 실타래가 서서히 풀리면서, 그 끝과 시작점을 명확히 보게 되는 것이었다. 나는 신경숙 님의 수필, **〈인연〉**에 관한 글을 다시금 떠올리게 되었다. 일부만 발췌해서 올려 본다.

인연을 소중히 여기지 못했던 탓으로

내 곁에서 사라지게 했던 사람들.

한때 서로 살아가는 이유를 깊이 공유했으나
무엇 때문인가로 서로를 저버려
지금은 어디에 있는지도 모르는 사람들.
관계의 죽음에 의한 아픔이나 상실로 인해
사람은 외로워지고 쓸쓸해지고
황폐해지는 것은 아닌지.

(중략)
결국 이별할 수밖에 없는 관계였다 해도
언젠가 다시 만났을 때, 시의 한 구절처럼
우리가 자주 만난 날들은 맑은 무지개 같았다고
말할 수 있게 이별했을 것이다.
진작, 인연은 한 번밖에 오지 않는다고
생각하며 살았더라면…

이제 창밖에 가을이 짙게 찾아와 있는데, 이 가을은 내게 유난히 많은 말을 전해 준다.

"너는 어디에 있기에… 나는 또 어디에 서 있기에…."

결국, 우리는 세월의 길고 긴 강을 거슬러, 강물과 같이 흘러서 이렇게 만나게 된 것인지, 시간에게 길을 묻고 또 물으며, 삶이란 때로 망각한 나의 현주소를 찾아가는 과정인지도 모르겠다.

일상의 관찰자가 되어

결국 바람이 불고 있었다. 창밖을 내다보니 나무가 흔들리고 있다. 한 시간 전만 해도 나무는 고요하였었는데, 오늘 심한 바람이 불 거라고 예보가 떴다. 바람 단속을 해야 한다는 문자가 올 때마다, 나는 창밖을 내다보았는데, 예보가 무색하게 조용하기만 했다. 과연 예보대로 바람은 불 것인지, 예보를 무시하고 조용히 지나가고 말 것인지, 나는 이 예보가 맞았으면 싶기도 했고, 한편으로는 틀렸으면 싶기도 했다. 맞는다면 대비한 대로, 아무 일 없이 지나갈 것이고, 틀린다면 허탈하긴 하겠지만, 또 그 역시 아무 일 없이 지나가는 것일 테니 말이다.

우리네 삶이 앞일을 모두 안다면 과연 행복할까? 미리 알고 대비할 수 있다면 만족스럽게 살아낼 수 있을까? 몰라서 불안하긴 하지만, 모르기 때문에 내일은 오늘보다 좀 더, 나으리란 착각과 작은 기대 속에 살아낼 수 있는 건 아닐까? “내일 일은 난 몰라요…!” 하는 것처럼, 오늘만 즐겁게 살자고 생각하면, 나는 행복하게 살 수 있겠다. 그저 내게 남은 삶이 바로 오늘, 하루뿐인 것처럼, 내 나름의 최선을 다하면서, 그런 오늘들이 하루하루 쌓여서 바로, 나의 일상이 될 수 있다면 말이다. 그러나 인간은 불안의 동물인 듯, 오늘 하루에 안주하다가도 문득, 내일이 두려워지곤 한다. 과연 나의 내일은 어떨 것인가? 내가 짧지 않은 세월을 산, 타국의 그 사람들은 마치 오늘만을 위해 사는 것처럼 살았다.

특히나 따뜻한 태평양의 섬나라에서 살아온 사람들은 더욱 그랬다. 주급을 받거나 수당을 받는 날은 마치 **'축제의 날'**처럼 먹고 마시고 즐겼다. 일주일을 살아 내야 할 그들의 지갑은 2, 3일이 지나면 텅텅 비어 버렸지만, 그들은 없으면 없는 대로, 그저 사는 일에도 익숙해 보였다. 그들이 꼭 낙천적이거나, 오늘의 행복에만 충실하자고 마음먹어서는 아닐 것이다. 그들의 따뜻한 섬나라에서는 바다에는 물고기가, 나무에는 열매가 그 어디서도 충분하여, 마음만 먹으면 언제든지 먹을 수 있었을 터이고, 대비해야 할 추위 따위는 없었으니, 일 년 내내 그들의 몸과 마음은 따뜻했을 것이다. 사계절을 고스란히 살아 내야 하는 곳에서 살아온 사람의 눈에는, 사실 그들이 한심해 보이기도 하고, 때론 부러워 보이기도 했었다.

톱니바퀴처럼 돌아가는 사계절을, 어느 한순간도 놓치지 않고, 다음을 준비해야 하는 사람들은 그 순간을 즐기기보다는 다음을 대비해 놓아야 마음이 놓이니, 지금의 행복은 점점 나중으로 밀려나야 하지 않았을까? 그러다 어느 순간 내 삶이 멈춰 버리면, '아…! 다음이란 결코 없는 것이었구나…!' 삶을 바라보는 내 시선도 오늘처럼 몽환적이 되는 날이 있다. 이것도 저것도 아닌 그저 안개에 싸인 듯이, 어느 한 가지도 명확하지 않은 채, 거센 바람에 흔들리는 나뭇가지처럼, 어디서든 무엇인가에 의해 자꾸 흔들리고 있는, 그런 날 말이다. 오늘 놓치지 말아야 할 것과 오늘을 포기하고, 내일을 위해 대비해야 할 것을 구분할 수 있는 판단력이 필요한 날이다.

삶은 날씨처럼 예보를 주지 않으니, 오로지 내 판단으로 꾸려 나가야 할 삶이 그저 평온하길 바라는 것이 욕심이겠지만, 오늘은… 오늘은, 그런 욕심이라도 잔뜩 부려 보고 싶은, 아주 거센 바람이 부는 날이었다. 나도 "윙윙~" 바람 소리를 들으며, 내 평온한 삶의 지축이 자꾸 흔들리는 그런 날이었다.

오래전, 서커스에 관한 추억

내가 아직 국민학교 저학년일 때, 군항 도시-진해에 살 때였다. 당시 너무도 화려하고, 호기심을 자극하는 '서커스의 포스터'를 보고, 너무 그 광경이 궁금했던 나는 어머니를 졸라 시내에 들어온 서커스를 구경하러 갔는데, 그 당시의 서커스는 왜 그리 처량하고, 궁상맞았었던지…!

허름한 천막으로 둘러싸인 서커스 공연장에는 코끼리나 곰, 여우 등등 여러 동물들의 배설물로 고약한 냄새가 났었다. 코끼리나 곰의 재미난 재주와 공중을 나는 남녀의 묘기, 그리고 이상한 음악과 함께 아직도 내 기억에 남아 있는 것은 어느 소녀의 기이한 묘기였었는데, 북소리가 둥둥 울리자, 그녀의 목이 한없이 길어지는 것이다. 고향을 떠난 지 오래되어서, 엄마를 그리워해서 그렇게 되었다는 진행자의 설명이었다. 그리고 어느 큰 상자를 열었더니, 그 안에 목은 하나인데, 머리가 두 개가 있는 기형아(요즘은 샴쌍둥이라 한다)도 출연해서, 그 당시 나는 상당히 충격을 받았던 기억이 있다.

그런 기형아들을 부모에게서 싼값에 사 와서, 이렇게 서커스 공연에 올리고 겨우 밥은 먹여 주는가 보았다. 그 당시에 그런 기형아들은 집 밖에 나가 다니지도 못할 때였다. 그때부터 서커스는 그런 세상에 나오지 못하는 기형아들과 우리에 갇힌 동물들의 가련한 눈빛을 보여 주는 게, 너무 마음이 아팠다. 서커스를 보고 난 후, 한동안 그들의 얼굴이 잊히지 않아, 오래도록 마음고생을 했던 기억이 있다.

그 후, 미국에 와서 살면서, 내 뇌리에서 '서커스'라는 것은 까맣게 잊고 지내다가, 한국에서 뉴욕을 방문한 친구가 '태양의 서커스'란 공연을 보자고 하였다. 그 당시는 아직 한국에 그 공연이 들어가기 전이었다.

뉴욕의 남쪽, 한 항구에서 배를 타고 무인도인 '엘리스섬'에 가면, 단독으로 큰 천막을 치고 공연을 보여 주는 것인데, 그 당시에도 금액이 꽤 나갔던 것으로 기억한다. 와…! 그것은 내가 상상한 서커스가 아니라, 완벽하게 훈련된 인간의 신체가 보여 주는 놀라운 아트-예술 공연이었다. 수중 발레라든지, 공중 묘기 등의 공연자는 올림픽 수영과 체조 무대에도 올랐던 선수들이었다. 정말 입을 다물 수 없는 멋진 공연에 비싼 돈이 아깝지 않았다.

그러다가 한국에 나와 있으면서, 친구와 대부도에 놀러 갔었다가, 우연히 근처에서 '동춘 서커스단'의 공연이 있다는 말을 듣고, 구경을 하러 갔었다. 사실, 미국에서 본 것과는 많이 달랐지만, 어쨌든 신박한 공연이었다. 주로 중국에서 온 듯한, 기예단 출신의 20살 전후의 남녀 청년들이 많았다. 오랜 훈련과 연습으로 이루어진 그들의 공연에 우리는 큰 박수를 쳐 주었다. 주로 아이들과 아이들의 부모님, 그리고 나 같은 연령층의 사람들이 추억을 더듬으며 공연장을 찾은 것 같았다. 추억 속의 한 페이지를 더듬어 볼 수 있는 기회가 되었다. 그 후, 대부도 근처의 한 섬에서는 홍해가 갈라지듯, 낮 12시쯤에 바닷길이 갈라지는 놀라운 체험을 하였다. 성경에서 나오는, 말만 들었던 바닷가의 한가운데에서 '바닷길'이 갈라지는 것을 본 것도 기억에 남는 체험이었다.

골든 걸스, 그녀들의 화려한 도전

주말에 모처럼 한국 방송을 보는데, 아주 재미있는 프로그램을 보았다. **'골든 걸스'**라는 예능 프로그램인데, 4명의 전직 디바인 이은미, 박미경, 인순이, 그리고 신효범이 나오는 4인조 걸그룹 육성 프로젝트이다. 한때 그 시대의 반짝이던 디바였던 그녀들을 맡아 제4 세대의 걸그룹으로 만들어 갈 총괄 매니저는, 우리가 잘 아는 박진영(JYP)이다.

평균 60세(가수 경력이 도합 200년이 넘는)의 '전직 디바'들이었던, 그녀들이 보여 주는 새로운 도전은 정말 눈이 부시다. 먼저 요즘 유행하는 걸그룹들의 노래를 안무와 함께 소화하는가 하면, 박진영 PD가 만들어 준 자신들의 곡으로 일본의 큰 무대며, 한국의 시상식 무대에도 오른다. 곧 한국의 주요 도시 및 외국의 콘서트도 계획한다고 들었다. 다 한때를

풍미한 디바들이었던 그녀들이, 요즘 세대의 걸그룹이 되어 박진영과 새로운 도전을 보여 주는데, 정말 감동스러운 지점들이 있다. 특히 가장 맏언니인 인순이는 현재 67세. 가장 적극적으로 무대에 임하는 가수다. 그녀는 미국의 '카네기 홀'에서도 혼자 콘서트를 열 정도로 아직도 현역에서 활동하는 만큼, 그녀의 노래와 춤은 현재의 무대에서도 전혀 손색이 없다. 나는 감히 '그녀의 어린 시절이 어땠을까…?'라는 생각을 문득, 해 본다. 특히 흑인과 혼혈인에 대한 차별적 시선이나 모멸감이 대단하던 그 시기를 뚫고 지금껏, 가수로 건재하다는 것이 새삼스레 대단해 보인다. 내가 박미경이라는 가수를 다시 보게 된 것은 가수, 빅뱅의 멤버인 태양의 '눈, 코, 입'이라는 노래를 편곡해서 부를 때였다. 이별한 연인에 대한 그리움보다, 하늘에 계신 엄마를 그리워했던 그녀의 마음이 너무나 절절해서 보는 내 마음이 울컥했다. 요즘 너무 많은 노래와 가수가 있지만, 울컥할 정도의 감동을 주는 사람은 극히 드물었기 때문에 그녀의 변신은 놀라움과 감동을 준다. 그 외에 이은미라는 가수는 꾸밈이 없는 '맨발의 디바'로 유명하다. 그녀의 콘서트를 한번 보았는데, 정말 진정성 있게 노래하는 가수였다. 춤추고, 요즘 유행하는 걸그룹의 노래를 하는 이런 프로젝트에 전혀 어울릴 것 같지 않던 그녀의 변신은 더더욱 놀라웠다. 사실, 그녀는 연습 도중, 여러 번 "나는 못 해~" 하면서 녹화장을 뛰쳐나간 것을 본 기억이 남는다. 그리고 신효범이라는 50대 후반의 가수에 대해서도 '불타는 청춘'이라는 예능에서 보았던 그녀를 새로운 시각으로 보게 된 계기가 되었다. 참 여전히 노래 잘하는 가수다.

그녀들의 인생 후반기에 빛나는 **'골든 걸스'**의 도전을 한마음으로 응원한다. '도전'이라는 것은, 특히 인생 후반기의 여성에 있어서는 체력적으로나, 정신적으로 정말 대단한 모험이다. 왠지 나도 그녀들처럼 걷고 싶었으나, 용기가 없어 미처 걷지 못했던, 나의 마음속의 '새로운 길'을 택해 걷고 싶어지던 어느 겨울의 추운 저녁이었다.

나의 혹한 체험기

어제부터 뉴스에서 "날이 춥다, 춥다." 해서 정말 그렇게 추운가 하고, 철없이 길을 나섰다. 한낮인데도 영하 10도…? 나는 나름 내복에 두터운 패딩 코트와 털모자, 털장갑을 끼고 마치 '알래스카인'처럼 차림을 하였는데, 두터운 양털 부츠는 너무 행동에 제약이 있기에 그냥 털 달린 운동화를 신었다. 그런데 '아! 잘못 선택을 하였구나!' 나는 길에 나올 때부터 후회가 되었다. 처음으로 부츠를 신지 않은 발과 발목이 시리다는 느낌이 들었다. 몇 년 전, 눈 덮인 알래스카에서 덜덜 떨면서, 구경 다닐 때 외에는 처음 느껴 보는 한기였다.

그래도 바깥에 나와 점심을 먹고, 추운 바람을 맞으며, 동네의 개천가를 산책했다. 정신이 반짝 들게 하는 추위다. 때로는 이런 가혹한 추위도, 눈도, 바람도 우리 삶에 필요한 것이리라…! 그동안 난방이 잘되는 아파트에서 얇은 옷을 입고 사니, 실제 추위를 체감하지 못했다. 바람 부는 하천 길을 걷다가 다시 집에 돌아와, 따뜻한 커피 한잔과 달콤한 쿠키를 먹을 때의 그 편안한 '아늑함'이란 말로 다 하지 못할 정도였다. 그러나 이 추위에도 삶을 지키기 위해, 꽁꽁 얼어붙는 바깥에서 일해야만 하는 분들이 보면, 이 얼마나 철없는 행동인가…!

나는 죄송스러운 마음으로 그분들께 따뜻한 '마음으로부터의 응원'을 보내 드린다.

어느 산길에서

어느 일요일 새벽, 같이 만나기로 한 친구로부터 갑자기 약속을 지키지 못하겠다는 문자가 날아들었다. 나는 그러자 했고, 순순히 담에 만나자 했다. '나이 60을 넘게 살면서 겹겹이 쌓인 인생의 굴레가 그리 단순하고 연하겠는가…?' 싶어 충분한 이해를 덮어 답했다. 나 또한 그런 입장이 되어 본 지가 한두 번이 아닌지라, 쉽게 이해를 해 주었다. 나는 이 주말을 어쩔까 싶었다.

'아…! 오늘 하루도 TV 채널을 돌리며, 그냥 하루 종일 뒹굴어 봐?' 하다가 또 다른 친구가 나에게 청한 근처의 '구룡산'의 등산 이야기가 생각이 났다. 나지막한 동네의 뒷산이지만, 가을 풍광이 아름답다고 알려진 산이다. 그 친구의 친구들이라, 사실… 생면부지의 또래들이었지만 그다지, 낯선 느낌은 없었다. 비슷한 또래, 내 친구의 동네 친구들이라, 우리는 쉽게 준비해 온 점심을 나누며 수다도 떨고, 웃고 떠들었다. 우리는 배낭을 가볍게 하고는 다시 길을 나섰다. 짙은 가을색으로 스러져 가는 길을 걷자니 문득 '로버트 프로스트'의 시가 생각나는 길이었다.

〈눈 내리는 저녁의 숲 가에 서서…〉

이곳이 누구의 숲인지 알 것 같다.
그의 집은 마을에 있어, 눈 덮인 그의 숲을 보느라

내가 여기 멈춰 서 있는 것을 그는 모르리라.

내 작은 말은 이상하게 여기리라.
일 년 중 가장 어두운 저녁, 숲과 얼어붙은 호수 사이에
농가 하나 없는 곳에 이렇게 멈춰 서 있는 것을…

말은 방울을 흔들어 본다.
무슨 잘못이라도 있느냐는 듯
방울 소리 외에는 스쳐 가는 바람 소리와
솜처럼 내리는 눈의 사각거리는 소리뿐…

숲은 어둡고 깊고 아름답다.
그러나 내게는 지켜야 할 약속이 있다.
잠들기 전에 가야 할 먼 길이 있다.
잠들기 전에 가야 할 먼 길이 있다.

사실 '구룡산의 계곡'은 몇 번 왔던 곳이다. 골이 깊어 물 마를 때가 없고 항상 맑고 깊다. 울긋불긋한 단풍의 수려함은 덜하지만, 잡목들이 '수묵화'처럼 빚어내는 짙은 암갈색의 어두움이 스러져 가는 가을의 정취를 두텁게 휘감는다. 역시나 내려오는 구룡산의 가을 해거름은 시리도록 아름답고, 처음인 듯 낯설고, 할 말을 잃을 정도로 두렵다. 나도 한때는 많은 생각을 하면서도 어려운 줄 모르고 살았던 시절이 있었건만, 이제는 다르다. 한 가지 생각만을 골몰히 하고 있는 나를 느끼며, 나는 스

스로에게 흠찟 놀란다. 그러면서도 명철한 판단을 하지 못하고, 내 생각의 끝은 늘 흐리다. 요즈음은 눈앞에 보여지는 사물들이 흐리고, 드러나는 현상들이 낯설다. 이러한 감정은 마치 낮잠을 자고 난 해거름처럼, 생소하게 느껴지기도 한다.

나는 스스로에게 물어보았다.

"과연 아직도 너에게 지켜야 할 약속이 있고, 네가 깊이 잠들기 전, 가야 할 먼 길이 남았을까…? 그렇다면, 과연 그 길은 얼마나 먼 길일까? 내가 도달할 수 있는 길이던가…!"

오늘도 어제처럼, 여전한 서쪽 하늘에서 저녁 해가 고요히, 아스라이 저물어 가고 있었다.

사랑에 관한 소고

오늘 주일 예배를 일찍 드리고, 지인의 아들 결혼식에 다녀왔는데 사내 커플로 만나 동거로 시작하여 결혼에 이르렀다고 한다. 잘 살기를 바라는 마음으로 축복을 빌고 오면서, 조금 낯선 경우라 많은 생각을 하게 되었다. 그러다가 저녁에 이 글을 일기 쓰듯이 쓰게 되었다. 이제는 옛일이 되어 버린 1980-1990년대를 기준으로 한 우리 시대의 **'결혼 문화'**는 어떠했을까?

모든 면에서 한결 자유로워진 요즘과는 달리, 그땐 사회적 통념상 남녀 간에 결혼을 전제한 만남이거나 중매결혼을 하는 경우가 많았다. 혹여 마음에 담아 둔 첫사랑이 있더라도 이루지 못한다면, 잊지 못할 사랑으로 남게 될 것이다. 그 시절의 '보편적인 여자의 삶'이란 한 남자와 결혼하여 가정을 이루고 자식을 낳아 양육하며 오직 가족을 위해 최선을 다하는 건 당연한 일. 그것 또한 나를 위한 삶이라 여기며 살아왔다. 그런 현실 속에서 자신이 이루고 싶었던 꿈은 자연스레 묻어둔 채…, 나의 자아는 늘 외롭고 적막하게 엎드려 있었을 것이다.

때로는 이루지 못한 꿈을 자녀들을 통해 이루고 싶은 소망에 인내하며 한 남자의 아내, 엄마로서의 헌신적인 삶을 살아왔을 것이다. 이제 세상이 많이 변하여 여성의 위상이 높아져 '여성 상위 시대'라고들 하지만 그 내면을 자세히 들여다보면 크게 다를 건 없을 것 같다. 만만치 않은 세상에서 엄마와 여자로 산다는 건 자기 희생이 없이는 불가능한 일이니까…! 언젠가 안타까운 마음으로, 무심코 읽었던 '신달자 님의 에세이' 중의 하나가 떠오른다. 그 제목은 잊었지만, 왠지 한 여인의 반듯한 삶을 향한 절규같이 느껴져, 안쓰러움으로 내 오랜 기억속에 남아 있었다. 그 내용은 '말기 암'으로 죽음을 앞둔 어느 여인의 얘기인데, 그녀는 평범하고 알뜰한 주부였고 성실한 삶을 살아왔다. 자녀들은 잘 성장하였고 남편과도 중매결혼 하여 별문제 없이 살아온 덕분으로 주변 사람들에게 모범 부부로 알려져 있었다. 가정생활에 별로 회의나 갈등도 보이지 않았고, 그야말로 문제없는 삶, 만족한 행복을 누리며 잘 살아온 여자였다. 바로 그 행복의 주인공인 그녀는 안타깝게도 의사로부터 청천벽력의 사형선고를 받고 병상에 누운 채…, 아무 대책 없이 마지막 날을 기다리고만 있는 처지로 전락했다. 그러던 어느 날, 병문안을 갔던 친구에게 그녀가 유언처럼 한 말이 충격적이었다. 그렇게 잘 살아왔던 그 친구가 죽음을 앞두고 자식 걱정에 앞서 한다는 말이, "글쎄…! 나는 근사한 사랑 한 번 못 해 보고 죽나 봐…!"라고 두 번이나 반복했다는 것이다. 뭐 두려움과 불안을 견디기 위한 장난기도 없지 않았겠지만, 진심 쪽에 더 가까웠다니까! 조금은 농담과 장난이 섞이긴 했겠으나, 그녀의 말이 죽음을 앞둔 한 '여자의 진심'일 수도 있다는 생각이 들었다는 것이다.

알뜰한 살림 솜씨, 다정한 부부 관계, 잘 성장한 자녀…, 그것은 그녀의 꿈이거나 소망이라기보다 그녀가 잘 가꾸어 놓은 현실이었을 뿐, 사랑이란 그녀의 결혼 생활과 전혀 무관한 것이었을 수도 있다. 결혼 생활이 행복했다는 것은 그녀의 성실한 성격이 만들어 낸 노력의 대가일 것이다. 그러나 그녀의 사랑은 가정생활과는 반대로 추위에 떨고 있었다고 할 때, 절대로 그것을 모순이나 배반이라고 말할 수 없을 것이다. 그녀는 죽음 앞에 이르러서야 전율이 느껴지는 '운명적인 사랑'에 대해 목마른 그리움을 나타냈고, 그렇게 해 볼 수 없었던 미지근한 자신의 삶에 문득 패배감을 느꼈을지도 모른다.

그렇다. 비록 상처투성이로 무릎을 꿇는 일이 생기더라도 온몸에 전율이 일고 생명을 나눌 수 있는 운명적인 사랑을 해 보고 싶은 것. 결국 헤어지더라도 그런 사랑 한번 해 보는 것을 여자들은 진심으로 갈망하는지도 모른다.

그래야만 '살았다.'라고 힘주어 생을 말할 수 있는 것이 아닌지…, 비록 그런 사랑이 아닐지라도 '살았다.'라고 힘주어 생을 말할 수 있는 일이 무엇인지, 이 밤에 홀로 깨어 생각해 볼 일이다.

한 여행자의 삶

지난 추석 연휴를 보내고, 다음 날 친구들과 여행을 다녀왔다. 여행이 좋은 이유 중 하나는, 결국 누구나 돌아가 쉴 집이 있기 때문이리라…! 일본은 가까워서 자주 가는 편인데 이번엔 또래 친구 넷이서 3박 4일간의 짧은 일정이지만, 주로 삶에 대한 깊은 얘기를 많이 나누었다. 이번 여행은 별로 기대도 없이 여행사의 상품이라, 그저 친구들과 시간을 보내는 것으로도 족한 여행이었다. 우리 나이가 되면 인생을 정리할 시점이라, 삶과 죽음에 관해 깊은 고뇌의 시간을 갖는다. 우리네 인생사가 맘대로 되면 좋겠지만 그게 어디 사람의 힘으로 가능한 일인가…? 그저 오늘 주어진 일에 최선을 다할 뿐이다.

《성경 전도서》에 보면 살아 있는 자보다 오래전 죽은 자가 복되며, 이들보다 아직 태어나지 아니하여 악한 일을 보지 못한 자가 더 복되다는 말씀이 있다. 신의 영역이라 깊은 뜻이 있겠으나, 부족한 나의 신앙으론 이해하기 어렵다. 그러나 인생은 '유토피아'가 아니기에 아픔과 슬픔과 고통이 공존한다는 뜻이 내포된 듯하다. 흔히들 '개똥밭에 굴러도 이승이 좋다.'라고 하는데, 과연 그럴까? 세상이 풍요로워진 반면에, 점점 사악하고 피폐해져 지구촌 곳곳에선 흉흉한 일들이 많이 일어나고, 거짓이 진실을 감쪽같이 덮어 버릴 땐, '과연 산다는 게 뭔가…?' 싶을 때가 있다.

살아 보니 인생은 생각보다 짧다. 젊을 때 젊음을 마음껏 누려야 하는데, 너나 나나 할 것 없이 세상살이에 연연하다 보니, 그럴 여유도 없이 이렇게 속절없이 늙어 간다. 어릴 땐 빨리 어른이 되고 싶었는데, 그때가 그리워도 다시 되돌아가고 싶진 않다. 노년의 시간은 빛의 속도로 빠르게 지나간다. 새봄이 엊그제 같은데 벌써 가을이다. 머지않아 겨울이 오면 또 한 해를 마무리하고 그렇게 세월은 흘러 생을 마감할 날도 올 것이다. 그때까지 건강은 어떨지 장담할 수 없으나, 그저 선물 같은 하루에 깊이 감사하며 살아간다. 나는 저녁형 인간이라 밤에 집중력이 높아져, 가끔씩 홀로 책상에 앉아 글을 쓰거나, 이전의 추억을 돌이켜 보곤 한다. 이전에 불면증에 시달릴 땐 일찍 자는 사람이 부러웠다. 지금도 깊어 가는 가을밤, 사색하기 좋은 시간! 마침 컴퓨터에 저장해 둔 음악 파일에서 흘러나오는 '세상의 모든 음악'을 들으며, 깨어 있는 이 순간…! 늘 그리운 누군가에게, 마른 꽃 갈피를 곱게 접어 넣은 '가을 편지'를 쓰고 싶어지는 밤이었다.

만추

사색과 낭만의 계절인 가을을 맞은 지, 엊그제 같은데 벌써 미련을 남긴 채 저만치 물러가 있다. 서둘러 떠나려는 계절이 아쉬워, 나는 지난번 친구와 산책했던 가까운 동산을 찾았고, 인적이 드문 해거름의 그곳엔 적막이 내려앉아 내 마음을 평온케 해 주었다.

얼마쯤 걸었을까…? 낙엽이 수북이 쌓인 곳에 두 다리를 뻗고 누워 하늘을 마주하며, 저물어 가는 늦가을의 정취에 흠뻑 빠져 버렸다. 차가운 바람결에 우수수 떨어지는 낙엽이 만추의 쓸쓸함을 온몸으로 느끼게 하는데, 어디선가 들려오는 "바스락, 바스락…" 하며, 낙엽 구르는 소리가 다정한 연인들의 밀어처럼 정겨웠다. 마치 빨강 치마와 노랑 저고리를 곱게 차려입은 새색시처럼 화사한 미소로 오가는 길손들을 반겨 주던 단풍잎들은, 이제 빛 바래고 퇴색된 초라한 모습으로 나뭇가지에 매달려 떨어지지 않으려고 안간힘으로 버티고 있는 것 같았다. 더욱이 길섶에 떨어져 이리저리 뒹구는 낙엽들은 무심한 사람들의 발길에 짓밟혀서 바스러져 가고 있으니, '어쩌면 우리의 인생도 바람에 흩날리다 볼품없이 누워 버린 저 낙엽 같은 모습이 아닐까…?' 싶어 서글펐다.

'살아간다는 것은 자신이 혼자임을 알아가는 것'이라 했던가! 이제 내게도 인생의 가을이 찾아왔나 보다. 내 인생이 점점 소진되어 갈 때 나는 어떤 모습으로 남은 삶을 대면할 것인지…, 사색을 통해 자신을 반추해 보고 성찰하는 고뇌의 시간이 필요할 것 같다. 계절의 향기가 각각 다르듯이, 머지않아 사람의 향기가 그리워지는 엄혹한 겨울이 다가올 것이다. 자연을 대하듯 순수한 마음으로 사람을 대하고 세상을 바라보는 향기로운 모습으로 살아갈 순 없을까? 다시 한번 겸허하게 자신을 돌아보게 된다. 지난날… 풋풋하고 왕성했던 초록의 계절을 보낸 잎새를, 남은 열정으로 곱게 물들여 불태워 버린 저 쓸쓸한 나목들은 이제 곧 추운 겨울, 마른 가지 사이로 흩날리는 매서운 눈보라를 묵묵히 견디며 다시 또 찬란한 봄을 싹 틔울 것이다.

이 변함없는 대자연의 섭리 앞에 숙연한 마음으로 감사하며 주위에 서서히 어둠이 내릴 무렵… 나는 사색의 문을 닫고, 내 옷깃을 여미어 본다. 적막한 황혼길을 허허롭게 내려오면서 생각에 생각을 더한다. 이렇게 나는 해마다 찾아오는 가을앓이와 함께, 이 쓸쓸한 계절을 홀로 조용히 떠나보내고 있었다.

어느 무신론자의 기도

이 시대 최고의 지성이셨던, '이어령 교수'의 별세 소식을 듣고 한 사람의 독자요, 크리스천으로서 고인의 명복을 빌며, 평소에 내가 가장 좋아하던, 선생의 시 한 편을 소개하려고 한다.

이어령 교수가 세례를 받기 3년 전, 일본 교토의 연구소에서 홀로 지내던 시절…, 2008년에 처음 출간한 시집인데, 지난날 감명 깊게 읽었던 《지성에서 영성으로》 책의 서두에도 소개한 바 있는 시이기도 하다. 이 교수님이 그동안 집필하신 많은 책들 중, 책장에 꽂혀 있는 몇 권의 책을 꺼내 놓고, 그 속의 주옥 같은 문장들을 다시 살펴보았다. 이어령 교수의 《마지막 수업》에선, 삶과 죽음에 대한 그분의 깊은 고뇌가 느껴져서 두 번이나 읽었던 기억이 있다.

내 마음에 와닿는 책 속의 글귀들을 되새겨 보며, 고 '이어령 교수님'께서 부디 천국에 입성하여 영원한 복락을 누리시길 간절히 기도하는 마음으로, 이 시를 올려 본다.

〈어느 무신론자의 기도 1〉

하나님! 당신의 제단에

꽃 한 송이 바친 적이 없으니

절 기억하지 못하실 겁니다.

그러나 하나님!

모든 사람이 잠든 깊은 밤에는

당신의 낮은 숨소리를 듣습니다.

그리고 너무 적적할 때 아주 가끔

당신 앞에 무릎을 꿇고 기도를 드립니다.

하나님!

어떻게 저 많은 별들을 만드셨습니까?

그리고 처음 바다에 물고기들을 놓아

헤엄치게 하셨을 때

저 은빛 날개를 만들어

새들이 일제히 날아오를 때

하나님도 손뼉을 치셨습니까?

아! 정말로 하나님!

빛이 있으라 하시니 거기 빛이 있더이까?

사람들은 지금 시를 쓰기 위해서

발톱처럼 무딘 가슴을 찢고

코피처럼 진한 눈물을 흘리고 있나이다.

모래알만 한 별이라도 좋으니

제 손으로 만들 수 있는 힘을 주소서.

아닙니다. 하늘의 별이 아니라

깜깜한 가슴속 밤하늘에 떠다닐

반딧불만 한 빛 한 점이면 족합니다.

좀 더 가까이 가도 되겠습니까?

당신의 발끝을 가린 성스러운 옷자락을

때 묻은 손으로 조금 만져 봐도 되겠습니까?

아... 그리고 그것으로 저 무지한 사람들의

가슴속을 풍금처럼 울리게 하는

아름다운 시 한 줄을 쓸 수 있도록

허락해 주시겠습니까?

하나님!

시골의 외가댁

내가 국민학교 5학년 때였다. 보통 어머니를 따라나서거나, 혹은 언니, 동생과 같이 가는 외할머니 댁에 그날따라, 무슨 일인지… 나 혼자 덩그러니 가게 되었다. 혼자 시골에 온, 귀한 손녀에게 할머님은 씨암탉을 잡아 주셨는데…, 그 과정이 참으로 험난하였다. 도망을 다니는 암탉 중에서 한 마리를 잡으시려 한참을 집 마당에서 씨름하시더니, 곧이어 암탉의 "꼬꼬댁~" 소리가 앞마당을 어지럽힌다. 나는 너무 징그러워 할머니 방에 들어가 방문을 잠그고, 두꺼운 이불을 뒤집어썼다.

조금 전까지 돌아다니던, 산 생명을 죽여, 내 밥상에 올린다는 것은 도시에서 살아온 내가 이해하기에는 너무 큰 충격이고, 어려움이었다. 어찌어찌해서 상에 올라온 큰 냄비 속의 목이 댕강 잘린 닭의 몰골은 너무나 처참했다. 나는 결국, 그 닭백숙을 먹지 못하고, 구역질했는데…, 그 후로 며칠간 설사와 구토를 하다가, 결국 약국에 가서 약을 지어 먹고 겨우 나왔다. 그 일 이후, 나는 닭만 보면 무서워하게 되었다. 그날 밤, 목이 댕강 잘린 닭이 뒤뚱뒤뚱 걸어서 내게 오고 있는 망측한 꿈을 꾼 후, 닭은 내게 공포의 대상이 된 것이다. 나는 아직도 산 닭이 무섭다. 그리고 껍질만 붙어 있는 목이 댕강 잘린 닭은 너무 징그럽고 공포스럽다. 그 외에도 생선이나, 소고기도 만지기가 싫다. 겨우 비닐장갑을 끼고서야 만지는데, 그것도 애들이 커 가면서 반찬거리를 위해 할 수 없이 만지지만, 그런 날이면, 나는 입맛을 잃는다. 이제 생각해 보니, 그때 외할머니의 연세는 지금의 나보다 겨우 몇 살 위의 나이셨다. 친정 엄마가 첫딸이어서 그럴 것이다. 마당에 장작불을 활활 때서 그 위에 올린 큰 무쇠솥에 굵은 감자와 마늘을 넣어 뽀얗게 끓여 낸 닭백숙…, 내가 그 음식에 손도 대지 못하자, 음식을 준비하신 외할머니는 많이 안타까워하셨다.

지금도 생각난다. 외할머니 댁 마당에 쭉 심기어 있던 키 작은 채송화며, 빠알간 봉숭아며, 담벼락에 늘어서 있던 활짝 핀 접시꽃이며, 집 안마당에 파란 감을 매달고 있던 큰 감나무, 온 마당을 돌아다니던 몇 마리인지도 모를 많은 닭과 저 한구석에서 조용히 풀을 뜯던 소 두 마리….

서울에서 내려온 손녀를 위해서 가마솥에서 매운 연기를 피우며, 맛있는 밥을 지으시던 외할머니…, 닭백숙을 뽀얗게 끓여 내시던 60대의 외할머니…, 내가 다시 집으로 돌아가는 그 길, 한 모퉁이에서 오래도록 나를 보며 손을 흔드시던 외할머니…!

이젠 다 돌아가시고, 내 친정어머니가 구십을 바라보는 나이가 되셨다. 지나간 세월이 얼마나 빠른지 모르겠다. 갈래머리 나풀거리며 뛰어

놀던 어릴 적의 나, 지금의 나보다 젊으셨던 내 어머니, 그리고 지금의 내 나이셨던 나의 외할머니…!

아, 내가 60이 넘어 돌이켜 보니, 정말 쏜살같이 지나간 시간이었다. 돌이켜 보면 그때, 그 시간이 너무 그립고, 그립다.

너무 소중해서, 지나간 꿈에서라도 내내 그리울 것이다.

가난한 날의 행복

'막내 이모'와 나는 12살 차이, 엄마와 이모도 12년 차이이다. 게다가 우리는 다 A형이다. 그래서인지, 우리는 유난히 뭐든 잘 통하고, 식성도 비슷해서 자주 같이 어울리게 된다. 엄마가 미국으로 들어가시고 나서, 막내 이모와 나는 함께 내가 좋아하는 '샤브샤브집'에 갈 기회가 있었다. 오랜만에 만난 반가움에 우리는 손을 잡고 걸었다. 그때 이모가 나에게 빛바랜 오래된 흑백 사진 한 장을 꺼내 보여 주셨다. 바로 아래 사진은 이모의 대학 시절 사진인데, 제일 앞줄에 계신 분이 우리 이모이시다.

그 이모는 우리 가족이 이전에 '진해'라는 소도시에 살 때 우리 집에 와서, 자주 우리 삼 남매에게 공부를 가르쳐 주곤 하였었는데, 유난히 자신감 있었고, 늘 유쾌하던 이모는 주위 사람들에게 미소를 짓게 해 주던 성품이셨다. 지금도 누구보다 열심히 자신의 삶을 살고, 교회 일도 열정적

으로 하는 분이시다. 그 이모를 만나고 오면, 나도 다소 나태해진 내 삶과 신앙에 많은 도전을 받게 된다. 이모가 자신의 젊은 시절, 무려 50여 년 전의 대학 시절 얘기를 하셨다. 너무 가난해서, 겨우 부산의 한 '교육대학'에 입학한 이모는, 용돈을 벌어 옷 한 벌이라도 스스로 해 입으려고, 우리 집에 와서, 과외 공부 선생을 했노라고 말씀하셨다.

이북에서 넘어오신 아버지(나의 외할아버님), 그리고 줄줄이 딸린 형제, 자매들 틈에서 얼마나 가난했던지, 다들 자신의 힘으로 공부하였었는데, 그 와중에 다들 공부는 잘했던 것 같다. 이모가 자신의 대학 시절 찍었던 누런 '흑백 사진' 속에서 이모는 누구보다도 당당하게 웃고 있었다. 그래서 그 이모가 그렇게 생활이 어려웠던 것을 아무도 몰랐을 것이다. 대학 공부나 대외활동도 잘 했었고, 리더십이 있어서, 학교에서는 '학생회장'도 했었다고 한다. 이모는 어떤 것이라도 최선을 다해 열심히 했으니, 당연히 모두가 인정하는 훌륭한 '교사'가 되었을 것이다. 당시에는 너무나 가난하였었지만, 그때 누구도 원망하지 않았었다고 했다. 드디어 자신이 교사가 되어, 자신의 퇴근만을 기다리던 늙은 부모님께 저녁 반찬거리나, 가끔 맛난 통닭이라도 가져가는 날에는 자신이 마치 '개선장군' 같았노라고, 이모는 힘주어 말했다. 가난하였었지만, 꿈이 있었기에 그때는 행복하지 않았을까?

'가난한 날의 행복'이 무엇일까?

무려 50여 년 전의 그 흑백 사진 속에서 활짝 웃으며, 매사에 당당하던 막내 이모가, 혼돈된 오늘을 사는 우리에게 그 삶의 비결을 자신 있게 말해 주는 것 같았다.

내 삶의 환절기에

아직 완연한 가을이라 하기엔 이르고, 여름은 이제 거의 그 모습을 감추었다. 우리는 이때를 '환절기'라 한다. 이상하게 나는 이 환절기에 '계절병'을 혹독히 앓는다. 아침, 저녁, 자신의 끝을 예감하는 애잔한 풀벌레 소리와 함께 서서히 가을이 우리에게 모습을 나타낸다. 지난 여름 푸르렀던 나무들의 사랑, 그리고 그 가지와 잎들의 사랑, 나뭇잎이 햇살을 받아 눈부시게 빛나는 그들의 사랑이 눈앞에 펼쳐진다.

"아, 이토록 아름다운 가을이라니…!"

나는 스스로의 눈앞에 펼쳐지는 이 놀라운 광경에 마음이 저릿해 옴을 느끼게 된다. 오늘 이른 저녁에 문득, 이 아름다운 삶의 계절이 내게도, 그리고 멀리 있는 당신에게도 펼쳐지기를 간절히 바라는 마음이 들었다. 이제 이 비가 그치면, 모두에게 가슴 시린 가을이 우리 앞에 문득, 다가와 있으리라! 그러면 따스한 겨울 맞이를 위해 몸도, 마음도 바빠지는 추운 겨울이 문득, 우리 앞에 다가올 것이다.

내 마음의 작은 텃밭

나는 실제로는 텃밭이 없다. 단지 작은 베란다에 여러 종류의 꽃 화분들을 가꿀 뿐이다. 때로는 토마토나 고추, 상추 등등을 심어 보기도 했었지만, 꽃을 보는 것만큼의 기쁨을 주지 못하는 것 같았다. 멀리 고향을 그리워하며 살아온 세월이 길기에, 나는 누구보다도 내 마음 밭을 단정히 가꾸려고 노력해 왔다. 잡초가 보이면 그 즉시 뽑아 내고, 울퉁불퉁한 돌멩이도 늘 보이는 즉시 골라내어 왔다. 지나가던 아무나에게 내 마음의 텃밭을 쉽게 내어 주지 못한다. 혹은 길가 바람에 날리던 이름 모를 어떤 씨앗이 내 화분 안에 자리 잡기를 원치 않는다.

그렇다. 내가 원할 때, 내 마음에 꼭 드는 아름다운 꽃나무나, 알찬 열매를 내게 내어 줄 아름다운 과일나무를 심고 싶다. 내 마음의 텃밭에는 사계절, 아름다운 꽃들이 피고, 그 꽃 위에는 나비와 벌들이… 때로는 이름 모를 새들이 날아와, 아름다운 노래를 불러 주기도 할 것이다. 내 남편이 은퇴를 하면, 정말 뜰이 넓은 집을 마련해서, 내 나름의 텃밭을 가꾸어 볼 생각도 해 본다. 그런 생각만으로도 즐겁고, 기분이 좋아지는 아름다운 상상이다.

나는 이런 상상을 하는, 가을 저녁나절…
내 창가에 비치는 나른한 오후의 햇살이 좋다.

아름다운 청춘의 때

청춘이란, 인생의 어떤 한 시기가 아니라, 마음가짐을 뜻하나니…
장밋빛 볼, 붉은 입술, 부드러운 무릎이 아니라, 풍부한 상상력과
왕성한 감수성과 의지력, 그리고 인생의 깊은 샘에서 솟아나는 신
선함을 뜻하나니…
영감이 끊기고, 정신이 냉소의 눈에 덮이고 비탄의 얼음에 갇힐 때…
그대는 스무 살이라도 늙은이가 되네. 그러나 머리를 높이 들고 희
망의 물결을 붙잡는 한, 그대는 여든 살이어도 늘 푸른 청춘이네.

-사무엘 울만의 시 중에서 일부 발췌-

"청춘의 때… 아! 그 말만으로도 얼마나 아름다운지요…!"

지난 청춘의 시절에는 가만히 있어도 황홀하게 빛나던 젊음의 아름다움과 뜨거운 열정을 소중히 생각지 못했습니다. 열정이 식고, 빛나던 이상이 더 이상 우리 것이 아닐 때, 비로소 늙음이 온다고 하였지요. 늙음은 자신의 마음으로부터 오는 것이라니…!

문득, 내다본 나의 창밖에는 8월을 마감하는 늦여름의 햇빛이 뜨겁습니다. 이제 본격적인 여름을 서서히 보내고, 입추도 지나서 가을을 맞이하는 9월의 시작이 멀지 않았습니다. 우리 모두, 한여름의 태양 빛 같은

'뜨거운 열정 한 조각'과 비록, 미세할지라도 우리 남은 삶에서 '무지갯빛 소중한 희망'을 잃지 맙시다! 우리의 머리에 은빛 세월이 얹히고, 나이의 많고 적음을 떠나, 남녀의 구별도 없이, 종교나 국적도 아무 의미가 없듯이, 우리 모두는 존재만으로도 충분히 가치 있고, 소중한 사람임을 잊지 맙시다!

저 작은 생명이 무엇이길래

참 신기한 일이다. 미국에 가면서, 그 동네의 내 친구에게 부탁해서 가끔씩 물을 주라고 하기에도 번거로워서, 나는 내내 고심하다가 내 사랑초 화분을 건물의 옥상의 그늘막에 놓아 두고, 거의 5개월 정도를 미국에 다녀왔는데, 사실 살아 있으리란 아무런 기대를 하지 못했다. 그 긴 여름을 이 더운 옥상 햇빛 아래, 어찌 견디어 냈을까? 아직도 내 사랑초 화분이 길게 목을 내밀고, 연보랏빛 고운 꽃도 피우면서, 살아 있는 것이다. 나는 놀라움 반, 그 질긴 생명력에 감탄 반, 그만 아무 말도 못 하고 말았다.

사랑초 화분을 다시 내 오피스텔 안으로 모셔다 놓고, 이제는 부산의 작은 아파트로 내려왔다. 오랜 시간, 거의 5개월 정도를 미국에 다녀왔는데, 그것도 한여름 더위에 이 베란다의 화분이 살아 있을 것이라고는 전혀, 생각지 못했다. 베란다의 창문을 조금 열어 두었는데, 아마 이번 여름에 부산에 유난히 비가 많이 왔다고 하더니, 창문 틈으로 들어온 비가 이 화분들을 근근이 살게 한 모양이었다. 몇 달 만에 부산에 내려와, 베란다의 문을 열었을 때, 나는 "아…! 어머, 너가 아직도 살아 있었구나?" 누구에게랄 것도 없이 베란다의 꽃 화분들에게 말하였다. 가운데 작은 국화 화분은 죽은 나무를 덜어내고, 그 안에 심어 본 것이다. 제일 바깥에 있는 것은 난초 화분인데, 난초는 다 말라 죽고, 내가 스투키 화분의 새싹을 몇 개 심어 본 것인데, 그것이 살아 있다.

나는 그 화초 안의 질긴 생명력에 감탄, 또 감탄하였다. 그 작은 화분 안에서도 그것이 그들의 우주인 것이다. 그 안에서 나름의 최선을 다하여 이토록 생명을 유지하고 있음이 놀라웠다. 우리들의 삶, 또한 그러하지 않은가? 많은 힘든 일이 있음에도 우리는 이렇게 살고 있고, 살아지고 있는 것이다. 오늘은 내 화분 안의 작은 생명들에게서 많은 것을 배우고, 또 마음속 깊이 이 세상의 모든 생명과 사랑, 배려 등등 많은 것을 느끼게 된 순간이었다.

시든 꽃 바구니

나의 오랜 친구가 나의 두 번째 책의 출간을 축하하며, 내게 보내 준 '꽃바구니'…! 이 선물을 처음 받았을 때는 엄청 비싸고 귀한 꽃으로 바구니를 꾸며서, 그 향기가 너무 좋았고, 색감도 너무 예뻤다. 그런데, 시간이 지나니까, 결국 모든 생화가 그렇듯… 아쉽게도 향기와 색을 잃은 채 시들고 말았다. 모든 아름다움은 시효가 있기 마련이다. 조화는 색감이 조악하고, 전혀 향이 없다. 그래서 요즘은 비누 꽃도 많이 보이는데, 정말 생화와 비슷한 색감과 향기마저 닮았지만, 가까이에서 직접 만져 보면 다르다.

우리네 삶도 결국 마찬가지 아닌가? 때로는 오래가고, 값도 싼 조화나 진짜 같은 비누 꽃에 눈이 가고, 유혹을 받기도 하지만, 우리의 삶에 진실로 향기와 아름다운 색감을 더해 주는 것은 바로 이러한 **'진짜 꽃'**이다. 그것도 내가 힘들게 가꾼 작은 정원의 아름다운 꽃 한 송이나, 들길가에 핀 이름 모를 들꽃 무더기조차도 눈물겹도록 아름다운 것이다.

삶의 진실이나, 그 진실을 향해 가는 여정은 결코 만만찮다. 그 때문에 많은 대가와 희생을 지불해야 하기도 한다. 내내 외롭고, 아픈 길을 걷기도 한다. 그러나 삶의 진실보다 귀중한 것은 없다. 무지갯빛 인생을 꿈꾸는 우리들에게, 눈부시고 황홀한 무지개는 반드시 세찬 비바람을 몸으로 힘써 견디어야 함을 일깨워 주는 것이다.

나의 어린 왕자 이야기

어릴 적부터, 참 좋아하던 소설에 **〈어린 왕자〉**가 있다. 나이 든, 어른이 된 아직까지도 가끔 꺼내어 보는데, 볼 때마다 내 마음속 갈피에 따라 그때마다 다른 느낌이다. 특히, 요즈음은 어린 왕자에 자주 나오는 "길들여지다."란 단어를 생각해 보게 된다. 누군가에게, 너와 내가 서로에게… 그래서 서로에게 의미 있는 존재가 된다는 것. 그래서 평화롭게 한 곳을 바라보는 것…! 아, 그렇다면 "사랑=길들여지다."일까?

법정 스님의 말씀 "살아 있는 모든 것은 다 행복하라…!" 이것은 정말 좋은 구절이다. 아무리 읽어도, 사랑, 사랑, 사랑…, 행복, 행복, 행복…, 이 단어의 힘은 대단해서, 아무리 되뇌어도, 누구에게도 넘치지 않는 말,

아무리 해도 절대 부족하지 않은 말인 것 같다.

나의 어린 왕자가 꿈꾸었던 그 세상을 우리 역시도 그리워한다. 그가 길들인 장미도, 여우도, 그의 별조차도, 그가 떠남으로 그를 사랑함을 비로소 알게 되었다! 차마, 자신을 사랑하였던, 그 친구들을 등지지 못한 어린 왕자처럼 말이다…!

문득, 멀리 있는 나를 그리워하는 친구들의 마음을 읽고서 나, 또한 그대들이 그립다고… 내 손을 가만히 펼치며 손바닥에 여러 번 써 보았다. 저 외로운 사막에 도착한 어린 왕자의 그 간절한 마음처럼…! 누군가가 몹시 그리울 때면, 나는 홀로 깊은 밤 하늘을 바라본다.

"나, 또한 멀리 있는 그대들이 몹시도 그립다…!"라고 깊은 밤, 하늘을 바라보며 나직이 누군가에게 말해 본다.

저 먼 별의 어린 왕자가 늘 자신의 별에 남겨둔 친구, 장미꽃을 매일 그리워하였듯이, 오늘따라 저 멀리에서 빛나는 별빛이 내 마음에 오래도록 사무치고, 저 먼 곳의 별빛이 눈물처럼 빛나는 밤이었다.

내가 책을 사랑하는 이유

나는 책이 좋다. 아니, 단순히 책을 좋아한다기보다는, 내가 열심히 내 일상의 글들을 쓰고, 그 글이 책이 되어 가는 놀라운 과정을 사랑하는지도 모르겠다.

내가 어릴 적, 우리집 거실에는 어머니께서 친구분의 권유로 들여 놓으신 세계문학전집과 한국문학전집 등이 즐비하였고, 나는 일종의 '활자중독증'에 빠져서 학교에 다녀오면, 모든 동서양의 책들과 신문, 하물며 여성 잡지, 정치 잡지 등등 모든 활자로 된 책들을 읽으며 시간을 보냈다. 특히 새 책을 펼칠 때의 그 두근거림이란…! 아, 그것은 마치 신세계를 눈앞에 둔 콜럼버스의 기분이었을 것이다. 그 후로 나는 학교의 도서관을 사랑하였고, 그곳의 분위기와 책들의 냄새가 가득한 도서관이 마치 연인을 만나듯이, 설레면서 좋았다. 많은 문학을 사랑하던 친구들을 만났고, 문학반에 들어서 그들과 문학적 교류를 하였다. 우리 교회에서는 절기마다, '신앙 문집'을 발간했는데, 아주 조악한 시설이었지만, 그곳의 잉크 냄새와 친구들과 내가 적어낸 신앙시와 신앙문들이 작은 한 권의 책으로 나오는 과정이 너무 좋았다.

그러다가 이제 내 품 안의 아이들이 다 크고 독립한 후, 나는 홀로 작가가 되려고 한국에 나와서 고군분투하고 있다. 남편은 물론 좋은 오피스텔을 내게 권하였지만, 나는 친정어머니가 마련해 두신 부산의 수영

강가의 좋은 아파트를 마다하고, 용인의 한 오피스텔을 작업실로 삼아 이곳에서 나와의 외로운 싸움을 하고 있다. 몸이 편하면, 정신이나 영혼이 나태해진다. 혼자 괜히 소파에 누워 뒹굴거리고 싶고, 나 홀로 식사 준비가 싫어서 배달 음식을 먹곤 한다. 그러나 용인의 자그마한 오피스텔에서는 누워 뒹굴거릴 공간이 부족하다. 거의 책상 앞에 앉아 글을 쓰거나, 가끔 머리를 식히며 영화를 보거나, 음악을 듣곤 한다. 그러다가 오피스텔 복층의 2층에는 작은 보금자리가 있어서 혼자 음악을 들으며 뒹굴거리다가 잠이 든다. 이곳에 와 본 내 친구들이나, 친정어머니께서도 2층의 공간이 의외로 '아늑하다.'고 하신다. 나는 때마다 근처에서 소박한 식사를 하는데, 식당 주인분들과 그곳에 온 손님들과의 다정한 대화도 더없이 좋다. 그러고는 오피스텔 앞에 있는 하천가를 혼자 산책한다. 내가 쓴 많은 글들이 이 하천가 주변과 근처의 작은 식당들을 방문하며 쓴 것이다.

우리가 행복해지기 위해 필요한 것은 그다지 많지 않다. 이곳에서 느낀 바로는 내 한 몸을 누일 만한 그저 '소박한 공간'과 내가 좋아하며 몰두할 '나만의 일'이 있다는 것. 그리고 내가 좋아하는 것을 할 수 있는 '자유'가 주어지면 되는 것이다. 나의 생각들과 내가 쓴 글이 출판되어 한 권의 책으로 나온다는 것은 큰 기쁨이다. 이 일은 어느새, 육십이 넘은 나에게 찾아온 하나의 큰 행운인 셈이다.

수선화

오늘 아침에 베란다에 나갔다가, 나도 모르게 “앗~!” 하고 탄성이 터졌다.

지난해 이른 봄의 일이다. 동네 꽃집의 노란 수선화가 꽃샘바람에 “오돌오돌…!” 떨고 있기에 화분 두 분을 사서, 하나는 이웃집에게 새봄 선물이라고 주고, 또 하나는 우리 집 거실에 놓았더니, 그 조그만 꽃으로 온 집 안이 화사하였다. 그 후 여리디 여린 꽃망울은 하나 둘 시들었다. 꽃을 피우는 시기가 너무 짧아 아쉬워하면서 베란다의 한 모퉁이에 놓아 두고, 그만 잊어버렸다.

이번 겨울은 유난히 추위가 혹독하여 베란다에 놓아 둔 산세베리아 등 몇 개의 화분이 강추위를 이겨내지 못하고 죽어서, 결국 화분을 정리했다. 한쪽 모퉁이에 말갛게 솟아오른 알뿌리가 있기에 ‘무엇일까…?’ 하고 화분에 옮겨 심었더니, 며칠 전부터 그곳에 푸른 잎이 쑥쑥 솟아났다. 어처구니없게도 나는 새잎이 돋는 것을 보고서도 무엇인지 짐작도 안 갔다. 그런데, 오늘 무심코 내려다본 눈길에 샛노랗고 여린 꽃망울을 터트린 수선화가 이제서야 보인다.

“아, 너였구나. 미안해. 그리고 고마워…! 나는 너를 잊었는데, 너는 어쩌면 이렇게 잊지 않고 충실하게 잎을 틔우고 꽃을 피웠구나.” 나는 너무 미안한 마음에 그만, 무릎을 꿇고 수선화에게 나직이 인사를 하였다.

입춘이 지난 후, 마음은 벌써 봄인데, 올봄은 더디게 온다고 불평을 하였었는데… 어느새 봄은 이렇게 말도 없이 내 곁에 성큼 다가와 있었다. 봄이 되었다고, 혼자서 추운 베란다에서 싹을 틔우고, 어느새 꽃을 피워낸 장한 수선화를 들여다보며 새삼 새 생명의 신비를 느꼈고, 내가 이렇게 살아 있음에…, 그래서 다시 노오란 꽃이 피는 것을 보는 것이 마냥 기쁘고, 대견스러운 어느 봄날의 아침이었다.

비 오는 날의 스케치

기다리던 봄비가 메마른 대지를 촉촉이 적셔 주는 오후…. 베란다 창밖으로 뿌연 안개비가 유리창을 타고 눈물처럼 흘러내린다. 이렇게 은혜로운 단비가 온 세상을 위로하며 속삭이듯 내리고, 내 마음에도 감사의 마음이 음악이 되어 흐른다. 아침마다 피어나는 봄기운을 느끼며, 창틈을 비집고 살며시 들어온 따스한 햇살과 마주하며 따뜻한 눈인사를 나누곤 했는데, 오늘은 왠지 모를 기분 좋은 우울감에 젖고 눈물 같은 봄비에 젖는다. 창문 너머 보이는 먼 산을 멍하니 바라보며, 며칠 전 향이 좋다고 친구가 사다 준 따뜻한 '산미나리차'를 마시며 나는 잠시 그녀를 생각한다. 참으로 꾸밈없이 순수하고, 변함없이 다정한 속 깊은 친구가 있으니 더 바랄 게 없다.

이제 60 고개를 넘어 지난날을 가만히 되돌아보니, 노력해서 얻은 것도 있지만 그저 주어지는 삶의 지혜도 있다는 걸 알게 된다. 세월의 흔적인지 나잇값인지 알 수는 없어도, 모난 돌이 오랜 물살에 부딪쳐 점차 둥글어지듯, 살다 보니 급한 성격도 다소 유순해지고, 세상과 사람을 바라보는 시각도 조금씩 바뀐다. 사랑하는 가족 간의 관계도 가급적 이해하고, 좋은 점은 칭찬해 주고, 마땅찮은 부분도 그냥 인정하고 넘어간다. 예전엔 애들의 장점은 당연한 걸로 여기고, 단점은 지적하여 고치려고 애쓰며 스파르타식 교육을 시켰는데, 그게 때로는 지나쳐서 여린 마음에 상처로 남을 수 있다는 걸 미처 몰랐다. 하지만 악역을 맡은 엄마의 노력이 헛되지 않아 이제 자식들은 반듯하게 자라서 제 몫을 잘하고 있다. 내게도 아름다운 학창 시절이 있었고, 찬란한 젊음의 계절도 있었다. 그러나 후회스러운 일도 많았지…! 한 번뿐인 인생엔 아쉽게도 연습이 없으니, 과연 새파란 젊음이 알 수 있으랴…! 누런 늙음이 할 수 있으랴…! 그땐 몰랐어도 이젠 인생을 다소 알 것도 같은데, 내게는 시간이 많지 않아 다시 시도할 수가 없다.

'버나드 쇼'의 묘비명처럼, [우물쭈물하다가 내 이럴 줄 알았다]. 이것은 아마도 인생을 헛되이 낭비하지 말라거나, 머뭇거리지 말고 좀 더 주체적으로 결단성 있게 살아가라는 긍정적 의미를 담고 있을 텐데…, 나도 우물쭈물하다가 여기까지 온 것 같으나 더 이상 남은 내 인생을 위해 새로운 삶의 지표를 다시 정해 볼 마음이 전혀 없다. 왜냐하면 나로선 부족해도 치열한 경쟁사회에서 최선을 다해 살아왔기 때문이다. 이제 지난날에 대한 후회는 있으나, 미련이 없으니 서서히 주변을 살펴서 차분히 내 인생을 정리할 시점에 도달하지 않았나 싶다. 그동안 아끼던 것들도 지금 필요가 없으면 필요한 친구들이나, 이웃에게 선물로 주었다. 나에겐 충분히 쓰고도 남은 물건들이라 나름, 아름다운 기부를 한 셈이고, 복잡하던 내 공간을 비워 내기도 했으니, 비움의 미학이란 이런 것이겠지…! 홀가분하고 후련하고 뿌듯했다.

결국은 버리고 말 걸, 뭘 그리 끌어안고 살았는지…, 참 인생이란 게 덧없고 허망하고 부질없다. 더는 세상 아무것에도 연연하지 말고, 간소하게 더 간소하게 내려놓고 살다 가기를…! 내 마음속의 간절한 마음으로 바라 본다. 아직도 창밖엔 봄비가 내린다. 이참에 흡족하게 내려서 완전 해갈이 되었으면 하는 마음과 함께, 갈급한 내 심령에도 은혜의 단비가 내려 잠재된 잡념들을 말끔히 씻어 버렸으면 하는 소박하지만, 희망찬 바람을 가져 본다.

어느 배우를 추모하며

"모든 건물은 내력과 외력의 싸움이야. 바람, 하중, 진동, 있을 수 있는 모든 외력을 계산해서 그보다 세게 내력을 설계하는 거야. 인생도 어떻게 보면 내력과 외력의 싸움이고. 무슨 일이 있어도 내력이 있으면 버티는 거야."

– 드라마 〈나의 아저씨〉 중, L 배우의 대사 중에서….

그의 드라마를 보게 된 것은, '아이유'라는 배우의 변신을 보고 싶어서였다. 잘 알지 못했던 L 배우의 드라마 속 그의 직업은 '구조 기술사'라는 생소한 직업이었다. 뒤늦게 이런저런 공부를 하면서, '건축가'는 알아도 '구조기술사'라는 직업은 몰랐었기에 그 드라마로 새로운 직업을 알게 된 것이다.

작품 속의 그는 어찌 보면, 실패자였다. 직장 내에서는 주요직에서 밀려났으며, 가정적으로도 행복하진 않았다. 그래도 그는 자기의 직업을 사랑했으며, 저 구석에 몰려 있는 여주인공을 따스한 시선으로 바라보며, 그녀의 작은 삶을 격려해 주던 사람이었다. 그의 선한 눈빛과 저음의 목소리…, 실제로의 그는 다 알 수는 없지만, 사랑해서 결혼한 아내와 그래서 태어난 아이들과 비교적 온화한 분위기에서 잘 살고 있는 것으로 보였다.

차근차근 쌓아 온 경력과 노력으로, 드디어 그는 국내를 벗어나 세계 무대로 진출하며, '자랑스러운 한국인의 한 사람이 되려나…?' 싶었다. 그의 열렬한 팬은 사실 아니었지만, 그는 조용히 지켜보며 성장을 응원해 주고 싶었던 한 사람이었다. 인생을 살다 보면 어찌 모든 사람이 꽃길만 걸을 수 있을까? 남이 알지 못하는 가시들에 수없이 찔리고, 피 흘리고, 불어오는 바람에 휘청거리고, 따가운 햇볕도 견디고, 차가운 비바람도 온몸으로 받아 내기도 한다. 그러면서 상처엔 딱지도 앉고, 마음도 단단해지고, 정말 변함없이 내 편인 사람도 생기게 되고, 세월이 보듬어 주기도 하고, 더러는 전화위복이 되기도 하면서 살아 내는 것이 아니었던가? 그렇게 나의 내력이 단단해지면, 어떤 외력이 나를 때려와도 조금은 흔들릴지라도 무너지진 않을 수 있지 않을까? 높고 큰 건물일수록 자체의 수직하중보다 외부의 수평하중에 영향을 많이 받는다고 한다. 사람도 외부적으로 많이 알려질수록 자신의 생각이나 성격으로, 자신을 지키기보단 남들의 시선이나 평가에 더 많이 흔들릴 수밖에 없겠다. 그래도 흔들릴지언정, 무너지지는 않았으면 싶다.

이 바람도 영원하진 않으며, 언젠가는 멈출 것이고, 다시 웃을 수 있는 날이 올 것이라고 자기 자신을 토닥거렸으면 좋겠다. 그가 어쩜 마지막을 생각할 때 자신이 드라마 속에서 상대방에게 말했던, "저 대사를 다시 한번만 기억해 냈더라면…!", "그래서 그가 내력을 다지는 기회가 됐더라면…!", 나는 아쉬움으로 생각을 하곤 했다. 벌써 한 해의 마지막 날을 맞이하며 지나온 세월에 마주했던 외력과 알게 모르게 부딪히면서 쌓아 온 내력, 다시 새로운 날들에 만날지 모르는 외력에 또 어떤 내력을 준비해야 할지를 생각해 보는 아침이다.

생의 마지막까지 외력은 끊임없을 것이나, 단단한 내력으로 버텨내며, 이 길고 험난한 소풍길을 아주 잘 마무리하고 싶다.

트롯 콘서트에 다녀오다!

요즘 친구들과 나는 '트롯'에 빠져 있다. 아니, 정확히 말하자면, '트롯 오디션'에 빠져 있는 것이다. 사실 그전에는, 나는 트롯이라는 장르가 별로 좋지 않았었다. 너무 단조로운 음률과 유치한 가사, 그리고 부르는 가수들의 한결 같은 목소리 등등…, 그래서 트롯이 나오면, TV의 채널을 돌리거나 했었는데, 요즘은 트롯을 부르는 가수들에게 애정이 생긴 것이다. 그리고 그 오디션을 통과해서 연예인들이 된 그들을 보려고, 제법 거금을 들여 그 '불타는 트롯맨 7-트롯 콘서트'를 보려고, 날도 궂은데 '성남 아트센터'로 가기 위해 택시를 탔다. 너무 복잡한 날을 피해, 일부러 일요일 1시 공연을 보기로 했다.

친구들과 아트센터 오페라 하우스 왼편의 레스토랑에서 12시에 만나 점심을 먹고, 대충 오페라 하우스 건물을 둘러보다가 콘서트장으로 들어갔다. 트롯 콘서트는 다른 오페라나 클래식 공연과는 확연히 다른 분위기다. 많은 아줌마, 할머니 부대가 총천연색 옷을 입고 공연장을 온통 장악하고 있었다. 그에 반해 남자 관객의 숫자는 확연히 적다. 아트센터의 복도에는 사진과 그림, 세계의 악기 등…, 여러 가지 전시가 되어 있었다.

관객의 70~80% 정도는 각 가수의 팬클럽의 소속원이었는데, 그녀들은 각양각색 응원봉과 옷 색깔을 맞추어 입고, 카페에서 커피를 시켜놓고 김밥과 귤을 먹기도 하였다(헉!). 어디 소풍 온 사람들인 줄 알았다. 무엇이 그녀들에게 나이도 잊게 만들었을까? 그녀들의 열정이 대단해 보인다. 드디어 기다리던 쇼가 시작되었다. 역시 기대한 대로, 화려한 무대와 볼거리도 많았고, 가수들 모두가 최선을 다하는 모습이었다. 탑 7은 각자 노래의 매력도 뛰어나지만, 그들 간의 우정도, 서로를 챙기는 의리도 참 바르고 대체적으로 심성들이 착한 것 같았다. 이 트롯 오디션에서는 노래 실력도 중요하지만, 개개인의 성품과 대중에게 어필하는 매력이 특히 그들의 당락에 큰 요소로 작용하는 것 같았다. 이상하게 노래를 잘하지만, 최종 순위에 들지 못하는 사람들이 여럿 있었다.

마침 우리 옆에 손태진 팬클럽(주황)이 자리 잡고 있어서, 우리도 같이 열심히 응원을 했다. 우리에게 자신들의 응원봉도 빌려주었다. 그들의 가수에 대한 사랑과 열정은 정말 놀라울 정도이다. 흔히 그것을 그 가수에게 '입덕' 한다고 한다. 오늘 공연장에서 보니, 신.에.손(신성. 에녹. 손태진을 응원하는 팬덤)이 특히 눈에 띄었다. 모두 손에 응원봉과 팬클럽의 옷 등등을 싸 들고, 무리를 지어 몰려 다녔는데, 마치 이곳은 아줌마, 할머니들의 축제의 한 장 같았다. 우리들도 열심히 노래하고, 박수치고, 웃고, 떠들다 보니 3시간의 공연도 금방이었다. 공연을 마치고 나서, 저녁 공연 전까지 '가수들과의 팬미팅'이 이곳저곳 성황을 이루었는데,

우리 나이에 젊은 세대처럼, 특정 가수의 팬덤 문화가 형성되는 것이 참 새롭게 보인다. 아무튼, 중장년층의 이 열기와 사랑을 누가 뭐라 할까? 부디 멋지고 즐거운 인생을 위해, 우리 모두 파이팅이다!

뮤지컬 <노틀담의 곱추> 공연 후기

오늘은 날이 좋지 않았다. 아침부터 봄비도 아닌 것이, 겨울비 같은 비가 주룩주룩 내린다. 수요일 낮 시간 공연을 예매했기에, 할 수 없이 우산을 쓰고 레인 코트를 걸치고, 모자를 눌러쓴 채 외출을 했다. 다행스러운 것은 '세종문화회관'에 가는 좌석 버스가 집 가까이에 있어서 오고 가는 교통편은 별문제가 되지 않았다.

친구들과 반갑게 세종문화회관 앞에서 만나 안으로 들어갔다. 근처에 도착하니, 벌써 분주하게 세종문화회관으로 가는 발걸음들이 많다. 주로 여성 관객이 대부분이다. 주로 친구들끼리, 혹은 딸과 함께 온 엄마, 가끔… 아주 가끔 남편과 함께 온 부인도 보인다. 나는 벼르고 별러서 온 공연이었기에, 이 공연에 대한 기대도 컸다. 같이 온 친구에게 이 공연에 대한 소개를 간단히 해 주고, 같이 공연의 즐거움에 빠졌다.

역시, 그 명성에 맞게 전반 65분, 휴식 20분, 후반 65분 내내, 그 웅장한 스케일이며, 꽉 찬 무대 구성이며, 대사 한마디도 없이 모든 것을 배우들의 춤과 노래로만 가득 채웠다. 정말 한 가수당 10-20곡 정도를 부른 것 같은데, 그 열연에 정말 박수를 보낸다. 그리고 무대를 꽉 채워 준, 댄서들의 열연도 정말 대단했다. 마음속 깊이에서 뜨거운 박수를 보내주었다. 오랜만에 감동스러운 무대를 보았다.

특히 이 공연에 나오는 곡들은 감동과 전율을 느끼게 해 준다. 자신의 처지를 비관하며 부르는 '콰지모도'의 달밤 아래 솔로곡이나, '에스메랄다'의 사랑에 대한 갈등을 노래하는 부분, 콰지모도의 주인인 부주교의 신앙과 여인에 대한 욕정으로 몸부림치며 부르는 노래 등은 가히 압권이라 할 만하다. 특히 감동스러운 것은 무대 장치와 열연하는 배우들과 춤추는 댄서들의 열정 넘치는 공연이었다.

긴 공연이 끝나고 나오니, 제법 소담스러운 눈발이 내린다. 공연의 여운이 남아 있는데, 눈발이 세어지니, 그것 또한 색다른 감동으로 다가온다. 아마 올해의 마지막 눈이리라…! 나는 서둘러 귀갓길에 올랐지만, 그래도 그 감동은 흔들리는 버스 안에서도 여전하다. 사랑에 관하여 생각을 해 본다. 죽음으로도 막을 수 없었던 콰지모도의 그 지고지순한 사랑과 그 사랑으로 괴로워하던, 그의 절절하다 못해, 괴기스럽기까지 한 그의 마지막 모습을 잊을 수가 없다.

긴긴 동지섣달의 추억

동짓달 기나긴 밤의 한가운데를 베어 내어,

봄바람처럼 따뜻한 이불 속에 서리서리

넣어 두었다가, 정든 임이 오신 밤이면

굽이굽이 펼쳐 내리라.

-황진이 지음-

참 세월이 빠르다. 어제 가을이 시작된 것 같았었는데, 내일이 벌써 동짓날이다. 동지는 24절후의 스물두 번째 절기로, 일 년 중에서 밤이 가장 길고 낮이 가장 짧은 날이다. 올해는 동지가 음력 동짓달 초순에 들어 '애동지'라고 한다. 내일이 동지라고 하니, 문득 어린 시절 엄마가 끓여 주셨던 동지 팥죽이 생각난다. 그 당시는 먹을 것이 귀한 시절이라 동짓날 끓이는 동지 팥죽은 그야말로 별미였다. 음식을 잘하시던 어머니는 동지가 다가오면 팥을 커다란 대야에 담아 물에 불려 놓았으며, 아침부터 커다란 무쇠솥에 삶아 껍질을 벗겨 팥물을 소쿠리에 받쳐 놓았다. 그리고는 찹쌀가루를 뜨거운 물로 익반죽하여 동그란 새알을 만들었는데, 우리는 동그란 둘레상에 둘러앉아 손바닥으로 비벼, 동그랗고 예쁜 하얀 새알을 만들었다. 온 가족이 함께 먹거리를 만든다는 생각에 뿌듯한 마음과 함께, 맛있는 불그죽죽한 팥죽을 먹을 생각으로 기다리던 그날은 가슴 설레는 달콤한 기다림이었다.

우리는 따끈한 아랫목에서 팥죽 먹기만 기다렸기에, 팥물이 끓기 시작하면 큰 솥에서 솟아오르는 뜨거운 연기 속에, 새알을 넣는 어머니의 수고는 안중에 없었다. 마치 '알라딘의 램프'에서 거인이 나타나 팥죽을 끓여 주는 듯, 어머니의 모든 음식들은 쉽게 만들어지는 줄 알았다. 어머니는 팥죽이 완성되면 먼저 부엌문, 마루의 기둥 등에 붉은 죽을 끼얹었다. 넉넉하게 팥죽을 끓인 어머니는 혼자 사는 이웃들에게도 팥죽을 돌렸으며, 넓적한 대야에 팥죽을 담아 찬 바람 속의 장독 위에 올려 놓았는데, 찬 바람에 앙금이 살짝 굳은 팥죽은 먹을 것이 귀한 우리들의 훌륭한 간식이 되어 주었다.

우리는 이마를 맞대고 뜨거운 '동지 팥죽'을 먹으면서, 또 한 살을 더 먹는 것이 즐겁기만 하였다. 이제 미국으로 다같이 건너와, 어머니가 동지쯤에 우리 집에 오신 날에는 가끔 그 팥죽을 얻어먹었지만, 그 외에는 어머니가 만들어 주신 팥죽이 그리우면서도, 귀찮은 생각이 먼저여서 그냥 시장에서 사 와서, 동지 팥죽 시늉만 하였다. 그러던 내가 새삼 그 시절이 그리워, 다시 해마다 동지가 되면 팥죽을 끓여 본다. 물론 어머니가 끓인 팥죽과는 비교할 수는 없지만, 흉내라도 내고 싶었다. 이상하게 나이가 들수록 이전에 먹던 고향의 음식에 대한 추억은 해마다 더해져 간다.

이제 동지가 지나면 곧 한 해의 마지막이다. 비록 눈에 뜨이는 성과물은 없지만 가족들 모두 건강하고, 큰 사고 없이 무사하게 보낸 것에 감사하는 마음으로, 나는 '붉은 팥죽'을 끓여 하얀 새알과 함께 먹는다. 올해는 '애동지'라고 하니 팥죽 대신 팥밥을 지을 생각으로 팥을 물에 담근다. 오늘 저녁엔 팥밥과 나물을 곁들여 같이 맛있게 먹어 볼 생각이다.

흰 눈 온, 새해 전야에

한 해의 끝자락에 있는 요즘, 나는 왠지 마음이 심란하다. 한 해가 이렇게 지나간다는 것이 이젠 기쁨이 아니라, 슬픔 같은 감정이다. 무엇인가를 빼앗긴 듯이 마음에 깊은 상실감이 밀려온다. 이맘때면, "과연 나는 한 해를 어떻게 살아왔는가?" 이에 대한 질문을 내 스스로에게 하기가 두렵기 때문이다.

서울 지역 대설 예보가 있었다. '아…! 지난밤 달빛이 그리도 환하고 고왔는데, 대설이라니…?' 늦잠을 자고 일어난, 게으른 눈으로 바라본 창밖에서는 정말 푼푼히 날리는 하얀 어린 눈발들이 어느새…, 강 건너 풍경을 하나씩, 지우고 있었다. 오랜만에 보는 푸짐한 눈송이였다. 나는 점심상을 차리면서 마음이 급해졌다.

'저 분분히 날리는 눈송이가 그치면 어쩌지…?' 빠르게 점심을 먹고는 눈 맞을 준비를 하고 총총히 길을 나선다. 나는 걸음을 빨리하여, 백석의 시 **〈나와 나타샤와 흰 당나귀〉**처럼…, 눈이 푹푹 날리는 집 앞의 공원으로 나갔다.

눈에 덮인 빨간 산수유 열매 사이로, "푸드득~" 이름 모를 새 한 마리 아득히 날아가고, 길 옆의 강아지들도 신이 나서 겅중겅중 뛰어다닌다. 어느새 아이들은 언덕에서 눈썰매를 타고, 공원에는 솔가지로 눈썹 붙인 눈사람이 세워져 있고, 노상의 테이블 위에도 눈사람이 한 상 잘 차려져 있었다. 얼른 사진기를 꺼내어 이 장면을 담아 보았다. 내가 이렇게 눈 오는 날, 가장 애송하는 시이다!

〈나와 나타샤와 흰 당나귀〉 / 백석

나타샤와 나는 눈이 푹푹 쌓이는 밤 흰 당나귀 타고

산골로 가자. 출출이 우는 깊은 산골로 가 마가리에 살자.

눈은 푹푹 나리고, 나는 나타샤를 생각하고

나타샤가 아니 올 리 없다.

언제 벌써 내 속에 고조곤히 와 이야기한다.

산골로 가는 것은 세상한테 지는 것이 아니다.

세상 같은 건 더러워 버리는 것이다.

눈은 푹푹 나리고, 아름다운 나타샤는 나를 사랑하고….

포토 에세이:

내 삶의 소소한 여행기

친구들과 함께한 '뉴욕 여행기'

나는 뉴욕의 옆 동네, 뉴저지에 산다. 두 딸들은 뉴욕에서 일하고 있고, 기차를 타면 1시간 10분 만에 뉴욕의 기차역에 도착한다. 나도 60세 전에는 제법 열정이 넘쳐서, 두 딸들과 유명한 뮤지컬을 보려고 '브로드웨이 42번가'에도 가고, 유명한 브루클린의 이태리 식당에서 '브루클린 브리지'를 바라보며 식사도 하고, '태양의 서커스'를 보려고, 뉴욕의 항구에서 배를 타고 엘리스라는 작은 섬에 도착해서, 대형 천막 안에서 공연을 본 적도 있다. 그러나 이제는 모든 게 귀찮아져서, 내 집이 있는 뉴저지에서 주로 머무르며 영화를 보거나, 근처의 맛집을 다니고, 동네를 산책하고, 주로 음악을 들으며 글을 쓴다. 그것이 제일 편한 내 일상이고, 오직 나만의 **'행복한 집순이'**로서의 삶이 되었다.

잘 알다시피, New York City(NYC)는 미국의 북동부, New York State의 남쪽 끝에 있는 도시이자, 미국에서 가장 인구가 많은 도시이며, 전 세계에서 가장 인구가 많은 도시 중 하나이고, 미국의 최대 도시이다. 세계적인 대도시인 뉴욕은 상업, 금융, 미디어, 예술, 패션, 연구, 기술, 교육, 엔터테인먼트 등 많은 분야에 걸쳐 큰 영향을 끼치고 있으며, 일본의 수도-도쿄, 영국의 수도-런던과 함께 세계 3대 도시이자, 세계의 가장 중요한 문화의 중심으로 불리기도 한다. 이 외에도 뉴욕은 국제 외교에서 가장 중요한 도시이며, 유엔 본부가 있다. 또한, 뉴욕항은 세계에서 가장 큰 자연 항구 가운데 하나이다. 뉴욕은 맨해튼, 브루클린, 퀸스, 브롱스, 스태튼 아일랜드와 같은 다섯 개의 자치-독립구로 나뉘어 있다. 이 자치구들은 각각 독립되어 있었다가 1898년 뉴욕에 합병되었다. 뉴욕의 인구는 2024년을 기준으로 825만 8000명으로, 305 제곱마일에 걸쳐 분산되어 있다. 또한, 뉴욕은 미국에서 인구 밀도가 가장 높은 도시 중 하나이다. 800개가 넘는 언어가 사용되며, 세계에서 가장 다양한 언어가 공존하는 도시이다. 뉴욕 대도시권에는 무려 1,890만 명의 인구가 살고 있다.

뉴욕에는 '5번로'를 포함한 거리, '자유의 여신상'을 포함한 랜드마크가 많이 있으며, 연간 5천만 명의 관광객이 방문한다고 한다. 타임스 스퀘어는 '세계의 교차로(The Crossroads of the World)'라고 불리고 있다. 타임스 스퀘어 부근에서는 '브로드웨이 연극'이 상연되며, 뉴욕은 엔터테인먼트 산업의 중심지로 일컬어진다. '엠파이어 스테이트 빌딩, 록펠러 센터, 크라이슬러 빌딩'을 포함한 초고층 건물, '센트럴 파크'를 포함한 공원, '브루클린 다리' 등을 포함한 다리도 많이 있다. 경제 수도로도 불리는 뉴욕에는 '월가'가 있으며, '뉴욕증권거래소'와 'NASDAQ'이 바로 이 거리에 있다. 맨해튼의 부동산 시장은 세계에서 가장 비싸다. 뉴욕 지하철은 세계 최대의 지하철망 중 하나이며, 컬럼비아 대학교와 뉴욕 대학교를 포함한 수많은 대학교도 뉴욕에 있다. 얼마나 크고, 복잡한 도시인지 모른다. 사람들도 다양하고, 문화도 다양하다.

그러나 뉴욕은 친구나 친지의 방문 때마다 할 수 없이 따라나서게 된다. 특히 이 글은 친한 친구들 몇 명이 뉴욕에 방문했기에, 하는 수 없이 그녀들과 같이 뉴욕 구경을 하며 다닌 '찐 기록'들이다. 나도 오랜만에 나선 뉴욕 관광이기에, 마음이 설레기도 했다. 더구나 친구들과 같이 호텔에서 묵으며, 밤새 마음껏 수다를 떨다 보니, 마치 우리의 푸르던 20대의 시간으로 돌아간 듯하였다. 내 친구들은 모두 뉴욕시의 중심지인 '맨해튼 거리'를 걷고 싶었다며, 모두 뉴요커처럼, 스타벅스 커피를 손에 하나씩 들고 구경을 다녔다. 내 두 딸들이 일하는 뉴욕의 중심-맨해튼은 뉴욕에서 가장 번화한 곳으로 모든 중요한 빌딩들과 상업적인 주요 볼거리가 이곳에 모여 있다. 가장 남쪽에 있는 로우 맨해튼은 비즈니스가 활발한 곳이며 역사적인 곳이다.

미드 타운은 맨해튼의 중심부로 뉴욕의 상징인 '엠파이어 스테이트 빌딩', '타임스 스퀘어', '뉴욕 현대미술관', '세인트 패트릭 성당', 그리고 '록펠러 센터'가 있다. 먼저 우리가 도착한 곳은 '록펠러 센터'의 지하 주차장이었다. 지하 유리창으로 영화에서 보았던 아이스링크가 눈에 들어오자, 우리가 전에 영화에서 본 장면이 기억나며, 마음이 설레었다. 록펠러 센터는 맨해튼 5번가와 6번가에 위치하며 남북으로 19개의 건물군이 모여 있는 곳으로, 록펠러는 처음에는 이곳에 오페라 하우스를 지으려고 하였으나, 1929년 주식 파동으로 계획을 수정하여 1931년 아르데코 양식의 다기능 복합 건물군을 건설했다고 한다. 센터의 가장 가운데 로워 플라자에는 'UN가입국' 192개의 국기가 있고, 분수와 함께 황금색 프로메테우스의 조각상이 있으며, 아이스링크로 사용된다. 지상으로 올라가 아이스링크에서 스케이트를 타는 시민들을 내려다보며 기념사진을 찍고, LA 할리우드처럼 바닥에 별표가 그려진 거리를 걸었다. 그다음에 우리는 영화에서 숱하게 보았던 '타임스 스퀘어'로 갔다. 브로드웨이 42번가와 47번 교차로는 옛날 뉴욕 타임스 본사가 있었던 곳으로 매년 12월 31일 한 해의 마지막과 처음을 장식하는 **'Happy New Year'** 행사가 열리며, 연간 2천만 명의 관광객이 찾아와 세계적인 광고판의 효과를 얻는 곳이다.

그곳, 한국 광고판에는 배우, 이정재 씨가 보인다. 뉴욕의 대형 전광판에서 활짝 웃고 있는 그를 보니, 참 반가웠다. 우리는 영화 속에서 수없이 보았던 뉴욕의 야경을 즐겼다. 역시 세계적인 상업도시인 뉴욕이다. 밤에 보니, 더더욱 휘황찬란하다. 저 멀리 멋진 브루클린 다리가 보인다. 나는 친구들과 함께 근처의 호텔로 향했다. 친구들은 다 피곤하다고 하면서, 정신없이 자는데, 나 홀로 뉴욕의 야경을 보면서 생각에 잠긴다. '언제 다시 친구들과 이렇게 여행을 할 수 있을까?' 갑자기 마음 한편이 싸해지면서, 잠자는 그녀들의 얼굴을 한참 동안 들여다보았다. 세월의 덮개가 겹겹이 쌓인 얼굴, 낮에는 화장으로 감추었지만, 밤에 화장을 지운 얼굴에는 세월의 흔적이 고스란히 남았다. 세월의 지나간 흔적들, 이런 것들이 삶의 훈장이런가…!

다시 날이 밝았다. 호텔에서 간단한 조식 후 **'자유의 여신상'**을 보러 나갔다. 미국을 상징하는 자유의 여신상은 1876년 미국 독립 100주년을 기념하여 프랑스에서 선물한 기념물로 '리버티섬'에 세워진 조각상이다. 로마 신화 속 자유의 여신 '리베르타스'를 연상시키는 높이 92m의 조각상은, 오른손에는 자유를 밝히는 횃불을, 왼손에는 독립선언서를 들고 있다. 받침대 내부에는 박물관이 있고, 그 위의 엘리베이터를 이용하여 밖의 발코니까지 올라갈 수 있으며, 조각상의 내부로 나선형 계단이 있어, 머리에 쓴 관 내부의 전망대까지 연결된다. 페리 요금과 크라운 전망대의 요금은 총 $21.5이다. 1924년 미국의 기념물로 지정, 1984년 유네스코 세계문화유산으로 등록했다.

맨해튼은 위치에 따라 크게 다운타운, 미드 타운, 업 타운으로 구분된다. 다운타운은 맨해튼의 역사가 시작된 곳으로, 17세기에 네덜란드인들이 원주민을 몰아내고, 최초로 이주해 살기 시작한 곳이다. 로우 맨해튼에는 자유의 여신상, 원 월드 트레이드 센터와 고풍스러운 건물이 있다. 파이낸셜 디스트릭트에는 뉴욕 증권거래소, 뉴욕 연방준비은행 등 금융기관과 월 스트리트와 기존 월드 트레이드 센터 부지, 메모리얼 공원 등이 있어 관광객의 발길이 이이진다. 우리는 미국의 상징인 자유의 여신상으로 가는 페리를 타기 위해 이곳에서 하차했다. 짧은 시간이지만, 먼저 주변을 한 바퀴 돌아보고 선착장으로 가기로 하였다. 높다란 빌딩 사이에 '볼링그린'이라는 작은 공원에는 인부들이 물을 뿌리고 있었고, 그 앞에는 성조기가 나부끼는 우람한 건축물이 있었는데, 바로 **'아메리카 인디언 박물관'**이었다. 미국 알래스카 원주민, 남미 원주민 등 아메리카 대륙에 살았던 인디언들의 전통문화와 미술품, 공예품, 생활 용품 등을 전시하고 있었지만, 우리는 시간이 없어 들어가지는 못하였다.

이곳에서 가장 인기가 많은 조형물은, 돌진하는 모습의 **'황소의 청동 조각상'**이었는데, 1987년 증권시장이 폭락하여 뉴욕이 충격에 빠졌을 때 조각가 아투로 디 모디카가 미국 자본주의의 꺼지지 않을 생명력을 보여 주기 위해 제작했다고 하였다. 많은 사람들이 줄을 서서 기다려 황소상 앞에서 사진을 찍고 있어 나도, 친구들도 사진을 한 장 찍었다. 예약된 페리를 타기 위해 선착장으로 내려갔더니 벌써 다들 줄을 서서 기다리고 있었다. 많은 관광객들과 함께 승선하였는데, 오늘따라 하늘은 잔뜩 내려앉고, 바람도 몹시 심하였다. 배를 타니, 바닷바람과 날씨 때문에 추웠지만 주변의 사진을 찍기 위해 2층으로 올라갔는데, 혼자 서 있기도 힘들었다. 이리저리 흔들리고 손은 시리었지만, 나도 다른 관광객들 속에서 계속 셔터를 눌렀다. 선착장에는 날아갈 듯 멋진 모습의 범선이 보인다. 정박한 빨간 배가 멋지다. 선상에서 바라본 '거버너스섬'과 '엘리스섬'은 아주 멋지다. 우리가 탄 페리는 자유의 여신상 앞에서 한 바퀴 돌고는 다시 선착장으로 되돌아왔다. 원하는 경우, 내려서 그곳을 관람하기도 하지만, 날씨가 좋지 않아서 다들 사진만 찍고 왔다.

내 친구들이 뉴욕에 오면 꼭 가 보고 싶었다던 **'엠파이어 스테이트 빌딩'**이 보인다. 로맨틱 영화의 고전이라고 하는 〈러브 어페어〉, 〈시애틀의 잠 못 이루는 밤〉 등 숱하게 영상으로 보았던 그 빌딩에 올라가서 전망대에서 뉴욕의 시가지를 내려다볼 수 있다고 하여, 내심 기다려왔던 곳이었다. 뉴욕을 상징하는 엠파이어 스테이트 빌딩은 대공황기였던 1929년에 공사를 시작하여, 1931년에 완공하였는데, 그 당시 입주자들이 나타나지 않아 **'텅 빈 빌딩'**이라고 불리기도 하였다. 102층(381m) 높이의 건물을 단 1년 만에 완공하여 1973년 쌍둥이 빌딩이 세워지기 전까지 42년간 세계의 지붕 역할을 해 왔다니, 당시의 한국의 상황에 비하면 정말 놀라운 건축술이다. 이 빌딩의 86층과 102층에 전망대가 있는데, 우리는 먼저 86층 전망대에 올라가 옥외 테라스에서 360도로 뉴욕의 전망을 바라볼 수 있었다. 이곳에 올라보니, 전망대에서 내려다보는

'맨해튼'은 인간 문명의 최고의 경지처럼 보였다. 하늘을 찌를 듯 높은 고층 건물들 사이로 아스라이 작은 건물들이 빼곡하였는데, 그곳에서 우리 인간들은 서로 사랑하고 미워하고 슬퍼하고 기뻐하는구나…! 우리들을 괴롭히던 모든 감정들과 사랑과 증오의 감정들이 한낱, 바닷가의 물거품처럼 허망하게 보인다. 숱한 사연의 인간들과 괴로움으로 뒤덮인 세상을 드넓은 하늘과 반짝이는 강물이 포근히 안아 주는 듯하였다. 저 멀리에서는 허드슨강이 유유히 흐르고, 오후의 따스한 햇살이 강물 위에 반사되어, 모든 것이 마치 황금으로 만들어진 듯, 그 빛으로 눈이 부셨다.

우리가 영화 속에서 보았던 '크라이슬러 빌딩'도 보였다. 102층 야외 테라스에서 내려다본 전망이다. 우리는 뉴욕에서 브로드웨이 뮤지컬과 메트로폴리탄 박물관, MOMA(현대미술관) 등이 있어서 '다 같이 밤에 뉴욕의 문화를 접할 수 있겠구나.' 생각하였는데, 뜻밖에 '뮤지컬 티켓'을 구하지 못해서 오늘은 못 보고, 대신 현대 미술의 산실인 **'뉴욕 현대 미술관'**은 가 보았다. 피카소의 〈아비뇽의 처녀들〉, 고흐의 〈별이 빛나는 밤에〉, 마티스의 〈춤〉, 모네의 〈수련〉, 샤갈의 〈나와 마을〉 등, 평소에 내가 좋아하는 그림을 볼 수 있어서, 좋았다. 다른 친구들은 피곤하다며 근처의 카페에서 커피를 마시면서 쉬었다. 우리 일행은 미술관에 다녀온 후, 다시 **'유엔빌딩'**으로 향하였다.

유엔빌딩은 세계 2차 대전 이후 세계 평화와 안전을 위한 국제기구인 국제연합의 사무실과 회의실이 들어서 있는 곳으로, 록펠러 2세가 기증

한 토지 위에 38층의 사무국 빌딩과 총회 빌딩을 지은 곳으로, 이곳에 들어서면 '치외법권'이 인정된다. 마침, 우리가 도착한 시간은 거의 문을 닫을 시간이라, 기다리지 않고 입장했다. 검색대를 통과하여 총회 빌딩 안으로 들어서니 역대 총장의 사진이 걸려 있었는데, '반기문 총장'의 사진도 걸려 있어 반갑고 한국의 저력을 느낄 수 있어 뿌듯하였다. 중요 건물들은 미리 내부 가이드 신청을 하지 않아, 로비만 구경할 수 있었다.

로비의 창으로 내부의 회의를 하는 모습을 살짝 들여다보고 한 바퀴 돌고 나오니, 로비의 공간을 이용한 전시회가 있었는데 이곳에서 전시하는 사람들은 유명한 작가들이겠지만 나에게는 모두 생소한 작가들이었고 어두운 색상의 그림들이라, 내 생각에 아마도 어느 국가의 어려운 현 상황에 대한 그림과 판화가 아닌가 짐작만 하였다. 지하에는 기념품 가게도 있었는데 각국의 공예품 기념품들이 전시되어 있었다. 유엔빌딩에 왔으니 친구들은 그곳에서 기념품을 하나씩 사고, 다 같이 사진도 찍었다. 세계 각국의 연합인 '유엔의 힘'으로 평화로운 세상이 왔으면 하는 바람이 들었다. 이 세상의 불평등과 전쟁을 종식시킬 수 있는 그런 유엔

연합이 되길 마음속 깊이 기원해 보았다.

늦가을의 해는 짧아, 우리가 센트럴 파크에 서둘러 도착하였을 때는 해는 어느덧 서쪽으로 기울고 옅은 잔광이 공원에 스며들었다. 센트럴 파크는 하버드 대학과 함께, 늘 낭만의 장소로 인식되어 있었는데, 해 질 무렵 공원의 숲에는 낭만과 함께 아릿한 애수가 깔려 있는 것 같았다. 마침 호숫가에서는 마치 영화의 한 장면인 듯, 젊은 남녀의 간절한 포옹과 키스가 더없이 아름답다. 젊은 열정과 사랑은 저토록 아름답고, 간절한 것인가? 그들은 아마, 긴 이별을 앞두고 있는지도 모른다. 아니면 결혼을 약속하고, 서로 긴 포옹과 키스를 나누는지도 모르겠다. 그들의 젊음과 열정이 한없이 부러워지는 순간이었다.

센트럴 파크는 멋진 가로수길과 숲속 오솔길, 음악이 흐르는 베데스다 분수, 전망이 좋은 유럽의 성채를 본떠 만든 벨베데레성, 재클린 오나시스의 이름이 붙은 저수지, 다양한 공연이 펼쳐지는 잔디밭, 산책로 등이 잘 정비되어 조깅을 하는 등 시민들의 휴식처 역할을 하고 있었다. 파크 안에서는 아직도 관광객들을 위해 마차가 운행된다.

공원은 맨해튼의 빌딩 숲 바로 근처이지만, 자연 속 깊숙이 들어선 느낌이 들었다. 어디선가 기타 연주가 들려왔는데 존 레논의 영혼이 깃든 '스트로베리 필드'였다. 그렇게 유명한 아티스트였던, 존 레논을 사랑하는 이들의 추모의 발길이 끊어지지 않고 이어지고 있었으며, 그의 노래를 연주하는 모습과 가던 길을 멈추고 감상하는 시민들의 모습도 보였다.

흐르는 존 레논의 음악을 뒤로하고 산책길을 따라가니, 아치형의 테라스 주변으로 전자 바이올린 연주 등 버스킹 하는 모습을 여러 곳에서 볼

수 있었다. 테라스 아래로 어둠이 스며드는 연못 주변으로 나들이 갔던 오리 떼가 점점 모여들고, 물속에 발을 담근 나무들도, 긴 석양에 제 그림자를 내려다보며 휴식의 시간을 준비하였다.

아름다운 음악이 흐르는 고풍스러운 베데스다 분수이다. 센트럴 파크에도 점점 어둠이 내리고 있었다.

'아…! 꿈에서도 잊지 못할 그날! 2001년 9월 11일.'

우리 모두의 뇌리에 깊이 박힌, 모든 세계인들에게 가장 큰 비극의 현장이다. 우리 동네의 한 가족도 이 사고로 가장을 잃었다. 나는 이 사고를 TV에서 보고, 창문 밖을 내다보았는데, 저 멀리 맨해튼에서 시커먼 연기가 솟아올랐다. 뉴욕에서 공부하던 딸들은 모든 교통편이 끊겨서, 걸어서 브리지를 건너 포트리로 왔고, 남편과 내가 차로 가서, 데리고 온 생생한 기억이 있다. 마치 전쟁 중의 피난민같이, 모든 사람들이 걸어서 뉴욕의 브리지를 건너는 모습은 두고두고 생각이 날 것이다. 평온했던 우리의 삶에서 이런 비극이 일어났다는 사실이 믿기 어려웠고, 한동안 사람들은 우울증과 불안, 공포의 패닉에 빠져 살았었다.

그 후 15년의 시간이 흘러, 그 현장에 다시 세운 건물이 **'원 월드 트레이드 센터'**이다. 현재 뉴욕에서 가장 높은 건물로, 총 높이 1,776피트(541m)는 미국의 독립기념일 1776년 7월 4일을 상징하며, '프리덤 타워'라는 별칭이 있다. 이 빌딩의 100층에는 뉴욕의 새로운 명소인 '월드 전망대'가 운영되고 있다. 그 근처에는 하얀 새의 날개를 연상시키는 '웨스트필드 월드 트레이드 센터'가 있다.

'9.11 메모리얼'은 South pool, North pool, 두 개의 폭포가 쏟아지는 구조물로, 쏟아진 폭포는 땅속으로 쏟아져 내리는 구조로 되어 있다. 분수 둘레의 동판에는 **'2001년 9.11 테러'** 희생자 전원의 이름과 '1993년 월드 트레이드 센터 폭탄 테러'의 희생자 이름이 새겨져 있는데, 그 이름들 속에 담긴 많은 상실의 아픔이 우리에게 그대로 전해졌다. 하루아침에 남편과 아내와 아빠와 엄마를 잃은 가족의 슬픔은, 아직도 그대로 남아 벽면의 쏟아지는 폭포의 물줄기가 마치 '눈물의 폭포' 같았다. 그 큰 상실의 아픔이 내게도 전달되어, 마음이 아릿해졌다. 우리는 고인의 명복을 빌며, 한참 동안을 그 주변에 머물렀다.

나는 뉴욕의 아픈 역사가 마치 다가올 인류의 비극으로 여겨져서, 이 세상의 모든 신에게 이 '세상의 평화'를 간절히 기원해 보았다. '더 이상 이 세상에서 그런 끔찍한 테러와 증오와 전쟁이 일어나지 않기를…! 모두가 평화 속에서 살 수 있기를…!' 아직도 아랍과 이스라엘의 전쟁으로 지구상의 죄 없는 수많은 인명이 죽어 가고 있으며, 지금도 저 동토의 땅, 러시아와 우크라이나의 전쟁은 계속되고 있다. 서로가 서로를 죽이고, 죽는 이 인류의 비극은 언제 끝이 날는지…! 유엔 본부 앞에 세워져 있던 '균열이 일어나 깨어진 지구'가 인류의 다가올, 험난한 미래를 말해 주는 듯하여… 마치 비수에 찔린 듯이, 내 가슴속이 아릿아릿하였다.

친구들과 오랜만에 관광하는 시간이 어찌나 빠르게 흘렀던지, 드디어 내 친구들이 떠나기 전, 마지막 밤이 되었다. 내 친구들이 양식이 질렸는지 한식을 원해서, 같이 '한인타운 내의 음식점'으로 갔다. 평소에는 쳐다보지도 않을 된장찌개와 김치찌개를 어찌나 맛나게 먹던지…! 저무는 저녁과 함께 우리의 일정도 마무리해야 했다. 호텔로 돌아가, 이제 다시 한국으로 돌아가려고 짐을 싸는 그녀들의 눈가에는, 뭔가 모를 아쉬움이 한가득 남아 있었다. '언젠가는 친구들과 함께 가 보아야지…' 하였던 **'뉴욕 시내 관광'**을 미루기만 하다가, 어쩌면 영영 같이 시간을 보내지 못할 수도 있겠다는 갑작스런 조바심으로, 짧은 일정이나마 급히 만들었던 뉴욕 관광이었다. 친구들은 단풍과 멋진 호수도 구경할 겸, 미국 위의 캐나다를 거쳐, 역사 깊은 보스턴으로, 마지막 여정으로 나를 보러 뉴욕으로 와서 같이 시간을 보냈지만, 나 역시도 아쉬움이 많았다. 하긴 작은 나라인 한국에도 아직 발길 닿지 않은 곳이 많은데, 그 넓은 곳을 단지 며칠만으로 구경한다는 것은 사실상, 욕심이며 무리였다고 생각한다. 그러나 우리 삶이 늘 여유가 있는 것도 아닌데, 여행만 하면서 살 수는 없는 것이 아닌가? 앞으로 얼마나 친구들과 나의 건강이 허락할지 모르지만, 기회가 닿으면 또 친구들과 같이 여행길에 나설 것이다.

우리가 안전한 일상을 뒤로하고 불편함이 따르는 여행을 나서는 이유는 무엇일까? 새로운 세상과 새로운 만남에 대한 호기심과 기대와 설렘 때문이 아닐까? 여행의 목적은 다시 집으로 돌아오는 것이라고 하였듯이, 이번 여행에서도 특별할 것 없는 우리의 일상이 우리를 기다리지만, 나는 그녀들이 무사히 한국으로 돌아가길 간절히 기도하였다. 비록 짧은 일정이지만 거의 강행군으로 움직인 덕분에 평소에 친구들과 가 보고 싶었던 명소들을 구경할 수 있음에 우리는 깊이 감사했다. '언제 다시 이런 시간들이 우리에게 찾아올 수 있을까?' 왠지 그녀들의 뒷모습을 보는데, 마음에서 뭔가가 울컥하고 올라온다. 뉴욕 케네디 공항에 도착하고 짐을 부친 후, 그녀들이 무사히 귀국할 수 있는 것만으로도 다행이라는 생각을 하며, 나는 짙은 어둠을 달려 며칠 만에 우리 집으로 귀가하였다. 이번 여행의 '가이드'였던 나도 몸과 마음이 쉼을 필요로 하는 것을 절실히 느끼게 되었다. 오랜 여행을 마치고, 다시 우리에게 돌아갈 나만의 집이 있다는 것은 얼마나 다행스러운 일인가? 〈HOME, SWEET HOME〉의 노래를 들으며, 그 가사를 나 홀로 되짚어 보고, 노래도 따라 불러 본다. 문득, 햇살의 따스함과 눈부신 가을이 성큼 다가온 창가에 서 있으니, 내 어깨에 내려앉는 저 늦가을의 햇살조차도, 너무 행복하고 감사하게 느껴진다.

가을, 남이섬 나들이

가을이 되니, 다들 단풍 구경으로 마음들이 분주한 듯하다. 지난번 봄에 친구와 춘천, 가평 등의 일대를 '들꽃 여행'이란 이름으로 쭉 돌아보았으나, 그때 시간이 부족해 남이섬을 못 가 보았기에, 이번에 친구와 노란 은행잎이 절정일 때, 그곳을 가 보자고 하여, 휴일에 그곳으로 떠났다. 그러나 역시 우리의 예상대로, 가는 길에서부터 너무 많은 인파가 길에서 옴짝달싹 못 하고, 주차장처럼 차와 엉켜 있었다. 특히 노란 은행잎 길로 유명하다는 소식에 아직도 한류 드라마 〈겨울 연가〉의 영향인지, 길가에는 수십 대의 관광버스가 동남아 여행객을 태우고 왔다. 정말 이 정도인지 몰랐다.

우리는 급히 '어디에 세워야 나중에 빠져나가기가 좋을까?' 한참 궁리 끝에, 가평역 인근에 약간의 여유 공간에 억지로 차를 대고 한참을 걸어,

길가에 즐비한 수많은 닭갈비집을 지났다. 또 한참을 줄을 서서 겨우 남이섬 가는 배를 예약했다. 아! 최근 들어 가장 많은 인파에 둘러싸여 보았다.

'아… 여기는 어디인가? 나는 누구인가.'

나는 거의 정신을 잃을 정도로, 그곳은 복잡했다. 그래도 오랜만에 강물을 시원하게 헤치고, 배를 타고 이동하는 것이어서 조금은 다행스러웠다. 가을 햇살은 11월에도 여전히 뜨거웠지만, 그나마 강바람이 불어 배 위에 선 우리는 시원했다. 약 500여 명을 실은 배는 그 무게를 아랑곳하지 않고, 열심히 실어 나른다.

다음 주면 단풍이 더 절정일 듯 싶다. 아마도 동남아에서 온 외국인들은 거의 단풍을 보지 못하는 사람들이어서 이렇게 모여들었나 보다. 남이섬 안의 모든 나무들마다 아름답게 물이 들었고, 아래에는 노랑, 빨강의 수없는 단풍잎들이 마치 색색의 아라비안 카펫을 우리를 위해 깔아놓은 듯했다. 우리에게 '시간'이라는 그 한때의 계절만이 선물로 내려 주는 눈부신 '아름다움'은 무엇으로도 대체 수단이 없는 자연의 큰 선물이다. 어느 누가 이토록 화려한 색감을 이 세상에 그릴 수 있을까? 두 눈과 두 귀가, 나의 온몸이 가을의 색감 속으로 푹 빠져, 황홀할 정도로 행복한 시간이었다.

유명한 남이 장군 북정시(南怡將軍 北征詩)를 옮겨 본다.

백두산 석마도진(白頭山 石磨刀盡)

백두산의 돌은 칼을 갈아 닳아 없어지게 하고

두만강수 음마무 (豆滿江水 飮馬無)

두만강의 물은 말을 먹여 말라 없어지게 하리라.

남아이십 미평국 (男兒二十 未平國)

남아가 20세에 나라를 태평하게 하지 못하면

후세난칭 대장부 (後世難稱 大丈夫)

후세에 누가 대장부라 칭하겠는가.

'남이 장군'은 조선 세조 시기에 활약한 장수였다. 특히 그는 무과에 17살에 일찍이 합격하여, 그 재능을 인정받았는데, 조선 전기 문과 급제 평균 연령이 30세 전후였고, 무과도 거의 비슷했다고 하니, 가히 남이 장군의 능력은 발군이었던 것 같다. 뿐만 아니라 남이는 태종의 외증손이면서 당시 최고 권세가인 권람의 사위이기도 했다. 그러나 그는 유자광의 모함을 받아 역모죄로 잡혀 오게 되고, 남이는 죽음을 예감하면서, 그것이 역모라면 세조대왕의 유명을 받들어 간신배들을 모두 죽이지 못했으니, 그것이 대역죄인이라는 말을 남긴다. 그렇게 병조판서의 자리까지 오른 남이 장군은 잡혀온 지, 3일 만에 죽음을 맞이하게 되었다. 남이섬, 이곳은 남이 장군의 이름이 그대로 남아 있다. 이곳은 한류 드라마 **〈겨울 연가〉**의 촬영지이기도 했는데, 그 때문에 셀 수도 없는 외국인 관광객들이 오게 된 것이다. 한 편의 드라마의 힘이란, 정말 대단하다. 이곳이 '남이섬'이라고 불리게 된 데에는, 섬 한쪽에 남이 장군의 무덤이 있기 때문인데, 남이 장군의 무덤이 있다는 곳은 이곳만이 아니다. 경기도 화성에도 '남이 장군의 무덤'이 있다고 하는데, 그가 귀신을 보는 능력이 있다고 하여, 후대의 많은 무속인들이 그를 신으로 받들어 모시고 있다고 한다.

이곳저곳을 사람들에 치여 옮겨 다니고, 겨우 사진을 찍다가 점심시간이 되어 검색을 한 끝에 값은 좀 비싸지만, 남이섬 내에 의외로 괜찮은 레스토랑을 발견해서 다행이었다. 비교적 한적한 곳에서 맛난 점심 식사 후, 다시 한참을 걸어 다니다가 겨우 돌아오는 배에 올랐다. 집으로 돌아가는 길을 염려하여, 나름 일찍 그곳을 빠져나왔지만, 들어오는 차량과 나가는 차량, 관광버스 등등 너무 차량이 많아서, 우리는 그곳을 겨우 빠져나왔고, 서둘러 귀갓길에 올랐지만, 모든 길마다 가을 단풍 구경을 떠난 차로, 오고 가는 도로가 정체되어, 우리는 1시간 반이면 올 길을 3시간 넘어 걸려서 겨우 돌아왔다. 나는 너무 정체된 차량 때문에 멀미도 나고, 골치도 아파서 겨우 약을 먹으며 돌아왔다. 친구와 나는 다시는 휴일에 유명한 관광지를 가지 말자며 우스운 맹세를 하였다.

사실, 저 붉은 단풍보다도 더 복잡한 인파에 내 머릿속이 붉게, 노랗게 물이 들 정도였다. 너무 고생하며 단풍 구경을 하고, 결국 내게 남은 것은 몇 컷의 사진과 수많은 관광객들의 모습만을 건진 하루였다. 그러나 시간이 지나 돌아보니, 그것도 즐겁고 아슬아슬한 추억의 '단풍 여행'이었다.

설악산 '주전골'에서

가까운 친구들 몇 명과 소소하게 버스를 타고 '단풍 여행'을 떠났다. '설악산'으로 가는 길에 유난히 곱게 물든 단풍을 보고, 기사님께 부탁해서 가던 차를 멈추었다. '필레 온천' 가는 길목인데, 우리는 맑은 단풍 빛에 다 같이 "와~!" 하며, 함성을 질렀다. 저 맑은 하늘에는 하얀 새털구름이 흐르고, 우리에게 스미는 공기는 제법 쌀쌀하고, 또 선선했다. 그러나 우리는 갈 길이 바빠 온천 입구 넓은 공터에서 발길을 돌려야 해서 아쉬웠다. 다시 버스에 올라 차창에 기대어 바라보는 가을 하늘은 높고 푸르렀다. 굽이굽이 도는 골짜기마다 멋진 자태의 '하얀 암봉'들이 시선을 끌었다. 그냥 여기서 머물고 싶다는 생각이 드는 골짜기를 곁에 두고 다시 버스를 달렸다. 드디어 버스가 멈춘 곳은 설악산의 가장 아름다운 골짜기 '주전골'의 입구였다.

그 옛날 강원도 관찰사가 이곳 '한계령'을 넘다가, 어디선가 쇠붙이 두드리는 소리가 들려 찾았더니, 위조 엽전을 만드는 한 무리를 발견하였다고 하여, '만들 鑄, 돈 錢-주전골'이 되었다는 유래가 있는 주전골은, 몇 년 전에 친구들과 함께 단풍을 즐겼던 곳이라 반가웠다. 맑은 물을 내려다보는 하얀 화강암 바위 사이사이로 황홀한 단풍잎들이 손을 내밀어 자꾸만 내 발길을 잡아끌었다. 맑은 물로 말갛게 씻어 놓은 듯한 바위 사이를 감고 흐르는 저 고운 물빛을 그림으로 그린다면, 과연 어떤 색을 사용해야 할까…? 밝은 달밤에 고운 선녀들이 내려와 날개 옷을 벗어 놓았다는 '선녀탕', 설악산의 비경을 한껏 뽐내는 천불동 계곡의 축소판이라는 '주전골'에 겨우 앉을 수 있을 정도로 좁다고 하여 '홀로 獨, 자리 座-독주암', 마치 동전을 쌓아 올린 듯하다고 하여 명명한, '주전 바위' 등의 모습에 입을 다물 수 없었다.

우리는 발아래의 비경을 바라보랴, 사진을 찍으랴, 연신 감탄을 하랴…! 내 발길은 자꾸만 뒤로 처지는 듯하여 숨가쁘게 걸었더니, 한 무리의 사람들이 줄을 서서 기다리고 있는 곳은 '오색석사 약수터'였다. 무지개 다리를 건너는 사람들의 무리는 마치 '피안의 세계'에 사는 사람들 같았다. 가을이 무르익은 아름다운 산속에서의 하루는 이토록 아름다웠다. 다시 발길을 돌리고 싶지 않을 만큼 그렇게 가을을 깊이 느낄 수 있었던 시간이었다!

지리산 '피아골' 만추

〈11월〉 / 이외수

세상은 저물어 길을 지운다. 나무들 한 겹씩 마음 비우고, 초연히 겨울로 떠나는 모습, 독약 같은 사랑도 문을 닫는다. 인간사 모두가 고해이거늘, 바람은 어디로 가자고 내 등을 떠미는가. 상처 깊은 눈물도 은혜로운데, 아직도 지울 수 없는 이름들, 서쪽 하늘에 걸려 젖은 별빛으로 흔들리는 11월.

기억 속의 '피아골의 단풍'은 맑은 계곡을 따라 이어졌던, 하얀 화강암 반석들과 함께 가을의 단풍을 바라볼 적마다 늘 그리움의 대상이었다. 조선 후기의 대학자 '남명' 선생은 피아골의 단풍의 아름다움을 "산도 붉고, 물도 붉고, 사람조차 붉어라."라고 노래하였다고 하였다. 단풍의 절정은 조금 지났지만, 마음까지 씻어 주는 맑은 물소리와 한 겹씩 마음을 비우는 나무들을 바라보며 너무나 행복하였다. 피아골로 올라가는 도로에 수북이 쌓인 단풍과 절정을 이룬 단풍나무들을 바라보니, 그 자체로 힐링이 되었다.

나는 마음속으로, 마치 계곡 위에서 맑은 물이 흘러가듯이 노래하였다. 그러고는 홀로 이외수의 시 〈11월〉을 같이 간 친구들에게 낭송해 주었는데, 이렇게 단풍길을 걷는 내내 우리는 끝없이 행복하였다.

구례 '연곡사' 탑

구례라 하면 늘 '화엄사'만 생각하였다. 그런 내가 구례에 사는 친한 친구의 지인의 초청으로 처음 '연곡사'를 방문하였을 때는 언제쯤이었을까? 초여름의 끝 무렵이었던가? 코스모스가 하늘거렸던 기억이 떠오르니, 어쩌면 초가을인지도 모르겠다. 지금처럼 포장도로도 없었고, 잘 단장되지도 않았던 '연곡사'는 마치 수줍고 소박한 시골 여인 같았다. 그런데 비탈진 언덕을 오르니 갑자기 내 앞에 나타난 아름답고 섬세한 조각의 두 탑의 모습을 보고, 나는 조각에 대한 식견도 없으면서 깜짝 놀랐던 기억이 선명하다.

이런 소박한 절에 어쩌면 이렇게 훌륭한 탑이 잘 보관되어 있을까? 마음속에 간직하였던 그 탑의 아름다움을 보고 싶어, 나는 거의 뛰다시피 하여 '연곡사'의 뒤로 올라갔다. 약속된 시간이 촉박하여 제대로 감상을 할 수 없었지만, 그 아름다움은 그대로 간직하고 있었다. 오늘 아침 사진기를 떨어뜨려 제대로 사진을 찍을 수 없어 아쉬웠다. 아래에는 연곡사의 탑에 대한 글이 적혀 있다. 경내에는 대웅전 뒤편에 있는 구례 연곡사 동 승탑(국보 제53호)을 비롯하여, 구례 연곡사 북 승탑(국보 제54호), 구례 연곡사 소요 대사탑(보물 제154호), 구례 연곡사 동 승탑비(보물 제153호)가 남아 있고, 이 절과 좀 떨어진 곳에 구례 연곡사 삼층 석탑(보물 제151호)과 구례 연곡사 현각선사탑비(보물 제152호) 등이 있다. 지리산 연곡사의 모습이다. 아…! 국화가 활짝 핀 것을 보니, 어느덧,

깊은 가을이었다.

연곡사의 입구에 있는 천왕문인데, 위엄이 느껴지는 문이다.

연곡사 삼층 석탑의 모습이다.

동 승탑과 북 승탑으로 오르는 입구.

국보 제53호 동 승탑이다.

이 길은 북 승탑으로 가는 길이다. 이미 가을이 무르익은 길이었다. 우리에게 남은 시간은 촉박한데, 여전히 북 승탑이 나타나지 않아 마음 졸이며 올라갔다. 드디어 자태를 드러낸 북 승탑의 모습이다. 긴 세월에도 그 섬세한 문양을 그대로 간직하고 있었다. 그 외에도 '소요대사탑'과 의

병장 '고광순 순절비', 그리고 '현각선사탑비' 등이 멋지게 사람들을 맞이하고 있었다.

어느덧, 떠들썩한 가을의 하루를 마무리하는 저녁나절의 '연곡사'의 정경이다. 이곳에 구경 온 많은 사람들이 떠나고, 사탑의 주위에는 어느새, 깊은 어둠만이 가을을 관망하며, 조용히 내리고 있었다. 우리도 어둠에 쫓겨 발을 급히 돌렸다. 돌아오는 내내, 가을 빛에 물든 그곳의 풍광과 고즈넉한 사찰의 모습이 잊혀지질 않았다.

진도 '세방 낙조'의 일몰

진도의 아름다운 드라이브 길에서, 차창으로 바라보는 바다 풍경은 점점이 떠 있는 섬으로 신비로웠다. **'세방 낙조 전망대'**는 일몰 사진 찍기에 가장 좋은 장소라고, 다들 말하였다. 특별히 이번 여행은 사진에 조예가 있는 친구를 믿고 떠난 길이었다.

그곳에 모인 많은 사진작가들은 서로 좋은 위치에 삼각대를 세우고, 오직 일몰의 순간을 기다렸다. 서서히 해가 고도를 낮추자 점점 바람이 불고 물살의 흐름도 급하게 변하였다. 이윽고, 추위가 엄습하자, 전문 사진작가가 아닌 나에게는 이런 기다리는 순간이 참 힘들었다. 주변을 한 바퀴 돌아보고 다시 내려왔으나 바다를 향해 대포를 세우고 서 있는 사진작가들은 보초를 서는 군인들처럼 꼼짝도 하지 않았다. 사방이 점점 어두워지자, 눈부셔서 바라보기 힘들었던 해도, 드디어 오렌지빛 밀감처럼 보였고 모두 숨을 죽이고 일몰의 순간을 바라보는 것 같았다. 소용돌이치던 물살도 잠잠해지고, 주변 산비탈의 산 벚꽃도 숨을 멈추는 듯하였다.

나도 숙연한 마음이 들어 옷깃을 여미고, 조용히 두 손을 모으고, 오직 일몰의 순간을 기다렸다. 석양에 물든 은빛 바다…, 해가 기울자 더욱 신비스러운 분위기를 연출하는 바다의 모습은 가히 장관이다. 검은 바다 위에 점점이 떠 있는 섬들은 마치 베트남에서 본 '하롱베이' 같았다. 하늘의 천사가 바다 위로 진주 목걸이를 흩뿌렸다는 전설 같은 이야기가 떠올랐다. 그 누가 저 섬 위에 저렇게 커다란 바위를 올려 놓았을까?

바람은 점점 거세어지는데, 일몰 사진을 찍으러 온 많은 사람들은 꼼짝도 하지 않았다. 조용히 하루를 마감하는 바다와 섬이 보인다. 바다는 이제 금빛으로 물들었다. 바다의 물살이 급하게 흐르는 듯하였다.

낙조를 찍기 가장 좋은 위치에서 바라본 일몰의 순간이다.

바다를 향해 세워 놓은 솟대의 모습이다. 나는 이 광경이 가장 마음에 들었다. 어찌나 바람이 심하고 추운지, 나는 어서 해가 지기를 기다렸다. 반면, 사진작가님들은 모두 숨을 죽이고 꼼짝도 하지 않았다. 이제 주변은 점점 어둠에 물들고, 둥그런 해의 모습은 점점 또렷해졌다. 나도 갑자기 옷깃을 여미고, 해가 지는 일상의 광경에 마음이 숙연해졌다. 아마추어인 나와는 다르게 전문 사진작가들은 저 모습을 얼마나 아름답게 렌즈에 담았을까…? 나는 문득, 그들이 찍은 사진들이 궁금해졌다. 그곳에서 엄청 고생을 하며, 내가 담은 몇 장의 사진을 올려 본다. 나와 같이 온, 내 친구의 얼굴을 얼핏 옆에서 보니, 그녀의 얼굴은 흥분과 감동으로 저기 바닷속으로 지는 해처럼, 빨갛게 상기되어 보였다. 무엇인가에 저토록 열중하고, 갈망하는 사람의 모습은 얼마나 아름다운지…!

“아…! 우리의 삶도 저 지는 해와 마찬가지란 생각이 들어서일까?” 나는 갑자기 온 천지에 나 혼자인 듯, 갑자기 외롭고, 끝없이 쓸쓸해지는 것이다.

내 고향, 진해에 가다

미국 뉴욕의 공항에서 출발하여 무려 16시간의 긴 비행 끝에, 나는 한국의 인천 국제 공항에 내렸다. 나는 평소 어지럼증이 있어서, 오랜 시간 비행을 하다가 공항에 내렸더니, 오히려 땅바닥이 "윙윙~" 소리를 내며, 사방으로 흔들리는 듯했다. 길게 늘어선 공항택시를 타고, 용인의 작은 내 오피스텔에 잠시 들렀다가, 급히 친정어머니가 몸 담고 사시던 부산에 내려왔다. 부산은 어머니가 오래 사시던 곳이기도 하고, 현재 어머니의 동생-두 분의 이모님, 막내 외삼촌과 숙모님이 계셔서, 내게 마치 제2의 고향 같은 곳이다.

짐을 풀고, 대충 집 안 정리를 한 후에, 아직 시차 적응도 제대로 안 된 피곤한 상태에서, 나는 무작정 내 고향, 진해에 가려는 생각을 했다. 검색을 해 보니, 부산의 한 시외버스 터미널에서 시외버스를 타고, 약 1시간가량을 달리면, 내 고향-진해에 도착한다고 한다. 이렇게 가까운 거리에 그리운 고향을 두고서도, 나는 이런저런 이유로 그동안 이곳에 오지 못했다. 단출하게 미국에서 가져온, 노란 배낭 하나를 가볍게 짊어지고, 이곳 진해-내 고향 땅에 내렸다. "얼마나 와 보고 싶었던 곳인지, 내 꿈속에서라도 그리웠던 고향이다." 몹시 감격에 겨운 순간이었다.

'진해'라는 표지판을 보는데, 내 가슴속에서 무언가가 철렁철렁한다. 아마도 '오랜 추억'이라는 마음속의 파도가 내 마음속 바위 위로 정신없이 흰 포말을 그리며 치는 것인지, 내 가슴이 물결치며 설레어져 온다. 운전하시는 버스 기사님도, 무작정 길을 물었던 여느 지나가던 행인들도, 나 내게 친질하다. '아, 고향 사람들이어서인가?' 나는 갑자기 마음이 따뜻해져 옴을 느낀다. 먼저, 무거운 배낭을 근처 자그마한 호텔에 풀고, 근처를 돌아보았다. 나를 반가이 맞이해 주신 작은 호텔의 여사장님은 마치 언니처럼 환한 미소를 짓고, 오랜 세월, 먼 곳의 이방인으로 살던 나를 따뜻이 환대해 주셨다. 마치 오랜 지인을 만난 듯이 따뜻한 마음이 전해져 온다. 진해는 일제 시대부터 군사도시로 계획되어 있어서, 정방형 로터리를 중심으로 사방에 중요 건물이 배치되어 있다. 내가 묵으려고 한 호텔에서 약 10여 분 거리를 걸으니, 오래전부터 보아왔던, 내 눈에 이미 익숙해진 지명들이 눈에 띈다.

지금은 '제황산 공원'이라고 불리는 이곳은 내 기억 속에서 가장 선명한 곳이다. 내가 어렸었던 유년 시절, 거의 50여 년 전부터, 이곳은 '탑산'이라고 불리었던 곳이다. 어릴 적 내 눈에 그 까마득히 멀고, 높게 가팔

랐던 탑산은 지금 보니, 너무도 나지막한 동네 뒷산의 작은 탑이었다.

나는 새삼스레 그 소소함에 놀랐다. 내가 걸어온 지난 세월의 두께일까? 이제 60이 넘은 내 눈에, 서울과 미국의 대도시에서 살아온 나에게 고향의 옛 동산은 너무 소박해서 가슴속에 서늘한 바람이 부는 듯했다. 저 작고, 나지막한 동산에 우리는 소풍을 왔었다. 그리고 저 완만한 능선이 있는 곳에서 우리는 김밥이며, 사이다, 삶은 달걀 등을 먹곤 했었다. 점심 후에 친구들과 '가위.바위.보 놀이'를 하던 그 긴 계단에는 이제 케이블카가 설치되어, 단 몇 분 만에 정상에 오른다. 그때의 탑산은 얼마나 하얗고, 웅장하고, 멋있었던 곳인가?

저 관망대가 있는 꼭대기에서 진해의 전체를 내려다보다가, 문득 '내가 다니던 이전의 초등학교가 어디에 있을까…?' 궁금해서 옆에서 즐겁게 얘기하고 있는 몇몇의 후배들에게 물어보았다. 그중, 서글서글한 인상의 한 남자 후배가 진해의 변한 모습에 어리둥절해 있는 나에게 세세히 설명해 준다. 3명의 여자 동창들과 그녀들의 남편들이라는 3명은 한결같이 유쾌하고, 즐거운 사람들이었다. 본인들이 행복해서일까? 다른 사람들에게도 한결같은 여유와 다사로움을 보여 준다. 전망대를 내려가서, 아래층의 다소 촌스러운 카페에서 차 한잔을 하면서, 진해 거북선

빵을 먹으며, 한참 동안을 즐거운 담소를 나누었다. 오랜만에 만난 고향 후배들이어서 그런지, 그들의 따스한 마음이 느껴진다. 나중에 각자의 길을 향해 가면서, 손을 오래도록 흔들었던 여자 후배의 모습이 눈에 선하다.

역시 '풍경보다 사람'인 것인가? 내 오랜 추억의 한 장면에 그들의 모습이 같이 각인된 것같이 느껴진다. 근처의 작은 호텔로 향하면서, 작은 음식점에서 간단한 저녁 식사를 하는데, 값도 저렴한데, 많은 반찬 가짓수에 놀랐다. 그곳의 음식점 사장님이나, 일하시는 분들도 다들 참 친절하시다. 식사 후, 호텔로 돌아와서 침대에 누우니, 주인 언니의 배려로 전기담요가 켜져 있었다. 집처럼 따스한 잠자리에 들면서, 나는 꿈도 없이 깊은 잠을 잤다. 주인 언니의 남편분이 아프셔서, 큰 병원에 입원하셨다는데… 별일이 없으셔야 할 텐데…! 나는 마음속으로 간절히 기원하며, 잠자리에 들었다. 다행히 별일은 없으시다고, 후에 연락을 통해 들었다.

다음 날 아침이 되었다. 근처의 카페에서 샌드위치와 커피 한잔을 마시고는, 곧장 나는 제일 먼저 내가 50여 년 전에 다니던 '도천 국민학교'에 가 보았다. 학교의 근방은 너무도 깨끗했다. 마침 휴일이어서 학교에는 아무도 없었지만, 옆에 군부대가 있는 위치여서 그런지, 현재 학생들이 다니는 학교라는 것이 믿어지지 않을 정도로 학교는 단정히 정돈되어 있었고, 내가 다니던 때와는 다르게 알록달록한 모습이었다.

또한 내가 기억하던 육중하고, 크게 느껴지던 학교 건물은 아기자기하고, 소박한 추억의 한 장면으로 느껴진다. 우리가 다니던 때의 건물에 다시 건물을 덧붙여서, 학교의 전체 규모는 꽤 큰 것 같았다. 마침 휴일이어서 아무도 나오지 않은 이전의 학교를 혼자서, 한 바퀴 돌아보고 나왔다. 학교 가는 길에 도심을 가로지르는 긴 하천을 우리는 '여좌천'이라고 불렀다. 역시 진해는 바야흐로 '봄의 도시'라 불릴 만하다. 오래된 긴 하천 주변에는 나이 든 벚꽃나무가 쭉 심겨져 있어서, 군항제의 분홍 벚꽃이 활짝 필 때, 그 화려한 자태를 짐작하게 한다. 내년, 한창 벚꽃이 필 그 아름다운 봄에 꼭, 다시 와 보고 싶은 곳이다. 내가 사랑하는 아름다운 사람들과 함께라면, 더더욱 좋겠지!

그러나, 내가 방문한 지금은 쓸쓸한 가을, 벚나무에는 가을 낙엽만이 가득하다. 진해에는 아주 오래된 건물들이 많다. 1910년, 우리나라 최초의 근대 계획 도시인데, 도시 평면이 그대로 보존되어 있으며, 일제 강점기로부터 근대도시의 경관과 건축유산이 집중적으로 보존되어, 문화재청의 '국가 문화재'로 최초 등록되었다고 한다. 전반적으로 오래된 건물이 많아서인지, 새로 짓는 건물들은 좀 색이 요란스럽다. 아마도 관광객들을 위한 배려이리라! 걷다 보니 어린이 도서관과 진해 문화원이 보인다. 1912년 당시에는 근대적 건물이었던 우체국 옆에 있다. 지금은 뒤편의 다른 건물에서 우체국 업무를 본다고 한다.

내가 방문한 것이 10월 9일 한글날, 공휴일임에도 얼마나 한가한지,

큰 길에는 몇몇 관광객만이 지도를 보며, 구경길을 나설 뿐이었다. 너무도 조용한 도시, 진해, 내 고향에 언젠가 나도 나이 들어 이곳에 자리를 잡고, 조용히 옛 추억과 더불어 살고 싶다는 생각이 든다. 지금 보아도 그 옛날에 지어진 우체국 건물은 참, 멋진 건물이 아닌가? 1912년 당시, 구 소련의 건물 양식으로 지어졌다는 이 건물은 도시의 중심에서 현대 건물 속에서도 그 위용을 잃지 않고, 잘 어울려 한 폭의 그림 같은 모습으로 서 있다.

현재, 열차 운행은 하지 않는 오래된 '진해역'의 모습이다. 아래의 사진은 역 근처의 작은 공원의 일부 모습이다. 오래 방치되어 푸른 이끼가 끼고, 군데군데 가시 덤불이 가득히 덮인 역의 모습이 지나간 오랜 역사를 보여 주면서, 그 역사와 추억을 바라보는 나에게 다소 애잔한 마음이 들게 한다.

'진해'라는 이름은 삼진 지역에 있었던, 진해군에서 유래하였다. 지금의 진해는 본래 웅촌군이었는데, 이 지역은 웅중면 전부와 웅서면의 일부가 합쳐져 진해면으로 개편되면서, 진해로 불리기 시작했다. 역사관에는 진해의 오랜 역사와 발자취를 모아, 관광객에게 유익한 볼거리를 제공하고 있었다. 역사관 내부를 지키시는 연로하신 노인분들을 보며, 그들의 남다른 애향심을 느끼게 된다. 참 아담한 도시, 진해의 도심에는 볼거리도 많았고, 특히 참 친절한 이웃 사람들이 많아서 두고두고 마음에 남는 도시일 것이다. 군항마을 역사관에 가 보니, 자원봉사 하시는 남녀 어르신 두 분이 이곳을 찾아오는 사람들에게 친절히 안내해 주신다.

이 엽서들은 진해 역사관에서 구입한 것인데, 진해 곳곳의 모습들, 내가 어른이 되어서도 늘 꿈속에서도 그리워했던 그 모습들이 아름다운 수채화로 잘 담겨 있다. 그리고 충무공 동상 맞은편으로는 '해군의 집'이 있다. 돌이켜 보니, 어릴 적에 그 당시에는 상당히 귀했던 함박 스테이크며, 소고기 스테이크와 크림수프, 파스타 등등의 양식을 특별한 날에 식구들과 같이 먹었었던 기억이 있다. 지금의 멋진 모습과는 많이 다르지만, 그 당시 해군 가족들만이 누릴 수 있는 특권이었던 것 같다.

또 다른 역사적인 공간은 1955년 '칼멘 다방'을 서양화가 유택렬이 인수하여, 까치의 이미지에서 따온 '흑백다방'으로 간판을 바꿔 달면서 시작되어 진해의 문화예술 무대가 되기도 하고, 문화예술인들의 사랑방

역할을 해 온 곳이다. 클래식 음악 감상을 주로 해 왔으나, 1990년대 후반부터 운영에 어려움을 겪어, 결국 다방을 폐업하고 지금은 '시민 문화 공간 흑백'으로 운영되고 있다. 2021년 11월 4일 국가등록문화재 제820-6호로 지정되었고, 2021년 11월 19일 문화재청 고시에 의해 문화재 지정번호가 폐지되어 국가등록문화재로 재지정되었다.

어릴 적 다니던 진해 교회의 모습

이곳은 어릴 적 부모님과 같이 다니던 '진해 교회'이다. 아주 오래된 교회임에도 관리를 잘해서, 아주 깨끗하게 보존이 되어 있다. 늘 어릴 적 내 기억 속에는 교회에서 친구들과 열심히 놀고, 성경 공부도 열심히 했던 기억이 있다. '성경 암송대회'며, 성탄절 날, '성극'이며, 크리스마스에는 집집마다 돌면서, '성가대'를 했던 기억 등등이 내 뇌리를 스친다. 그때의 그 모습이 그대로 남아 있어서, 바라보는 내 마음이 뭉클하다. 지금도 보면, 매우 아름다운 건축물이다. 벌써, 낙엽이 몇 개만 겨우 매달린 나무가 오래된 교회의 첨탑 건물과 잘 어울린다. 가을바람이 윙윙 부는 느낌이 들어, 왠지 마음이 스산하다.

1971년 당시의 모습이다. 2020년 현재의 모습이다.

'이순신 장군의 동상'이 있는 중심가인데, 그 주변이 많이 변하였다. 해군부대 근처의 해군의 집과 진해 시가지를 바라보는 충무공 동상이다. 우리나라에 현존하는 동상 가운데, 가장 오래된 충무공 동상이다.

이 동상은 1950년 11월 해군 창설 5주년을 기념하여, 당시 진해통제부 사령관 김성삼 장군이 발의하고, 해군과 지역 유지들이 협력하여 건립하였다. 1952년 4월에 거행된 제막식에는 이승만 대통령이 참석했다고 한다. 이 동상의 원형은 '윤효중 조각가'가 만들었으나, 당시 5m 가까이 되는 대형 동상을 주조할 만한 시설이 없어 함선과 병기를 만드는 해군 공창(海軍 工廠)에서 주물을 제작하였다고 한다.

충무공의 후예인 해군의 도시 진해에 해군의 노력으로 최초의 장군 동상을 세운 것은 큰 의미가 있다. 러일전쟁 후 일본이 만든 군항인 진해 시가지 중심을 장군이 밟고 서 있는 광경도 참으로 상징적이다. 그리고 진해 앞바다는 장군이 승전한 장소이기도 하다. 아무리 둘러봐도, 내 고향-진해는 참 깨끗하고 아름다운 추억이 남아있는 자랑스러운 '역사도시'란 생각이 든다.

그렇다. '나태주 님'의 시에서처럼, 고향은 자세히 보면, 더 정감이 있고, 더 오래 보아야 사랑스럽고, 비로소 그 안의 사람들이 잘 보인다. 이번 여행은 고향이 내 오랜 추억 속에 박제된 한 장소로 남는 것이 아니라, 그 안에 살고 있는 정겨운 사람들이 오래도록 기억되는 '추억여행'이었던 것 같다.

아, 그렇다! 내가 오래도록, 꿈속에서조차 그리워했던 것은, 내 고향에서의 추억들과 그 추억을 공유한 사람들의 모습이었다는 것을 뒤늦게 깨닫는다.

봉평 나들이

해마다 메밀꽃이 필 무렵이면, 가 보고 싶었던 봉평면이었다. 그곳에서 메밀밭의 정취도 느껴 보고, '이효석 문학관'에도 가 보고 싶었다. 드디어 지난주 토요일 아침에 몇몇 친구들과 그곳으로 향하였다. 추석을 앞둔 봉평은 초입부터 도로가 많이 막혔다. 그러나 차창으로 보이는 하얀 구름을 친구 삼아, 가는 길은 그다지 지루하지 않았다. 봉평면 진입로에는 어느새 가을을 알리는 코스모스와 들국화가 우리를 반겨 주었다.

요즘은 어디를 가나 마을의 도로변에 꽃길을 잘 조성하여 눈이 즐겁다. 그만큼 우리의 경제 사정이 나아졌고 생활 수준도 높아진 셈이다. 마을 입구의 식당에 차를 주차하고 번호표를 받아 주변을 구경하였다. 식당 바로 앞에 소설 〈**메밀꽃 필 무렵**〉의 배경인 방앗간이 있었다. 방앗간 옆에는 커다란 물레방아가 돌아가고 있었고 방앗간 안에는 디딜방아와 함께 허생원과 성 서방네 처녀가 사랑을 나누었던 장면이 그림으로 표현되어 있어 조금 민망하였다. 물레방앗간 앞의 빈터에는 작은 공원이 조성되어 있었는데, 코로나로 축제는 진행되지 않았지만 찾아온 관광객이 많았다. 흰 구름과 보랏빛 들국화가 가을의 정취를 잘 나타내 주고 있었지만, 정작 내가 기대하였던 메밀꽃은 이제 막 피기 시작하여 조금 아쉬웠다.

이효석은 소설 〈메밀꽃 필 무렵〉 속에서 농촌의 아름다운 자연과 사회로부터 소외당한 사람들의 삶을 뛰어난 묘사력으로 잘 표현하였다. 특히 달밤의 메밀밭을 묘사한 시적인 문체는 한국 문학의 백미라고 할 수 있다. 장돌뱅이 허생원과 동이가 달밤을 배경으로 걸었던 그 길을 나도 걷고 싶었다. 그 소설 속에서 달밤에 하얗게 보이는 메밀밭은 소금을 뿌린 듯하다고 하였다. 달밤은 짐승 같은 달의 숨소리가 들리는 듯하다고 표현하였고, 당나귀 방울이 쩌렁쩌렁 울리는 소리를 지금 우리 귀에 들리듯이 묘사하였다. '언젠가 소금을 뿌린 듯한 하얀 메밀밭은 다시 찾아올 수 있으리라!' 나는 속으로 다짐을 하며, 봉평의 흙길을 타박타박 걸었다.

다음으로 우리는 부지런히 '이효석 문학관'으로 향했다. 이곳은 가산 이효석의 생애와 문학 세계를 볼 수 있는 '이효석 문학 전시실'과 다양한 문학 체험을 할 수 있는 '문학 교실', 그리고 '학예연구실' 등으로 이루어져 있다. 이효석 문학 전시실은 그의 생애와 문학 세계를 시간의 흐름에 따라 볼 수 있도록 구성하였으며, 그 당시를 재현한 창작실, 옛 봉평 장터 모형, 문학과 생애를 다룬 영상물 등을 통하여 다양한 체험이 가능하다. 이 전시실에는 유품과 초간본 책, 작품이 발표된 잡지와 신문 등이 전시되어 있으며, 문학 교실에서는 다양한 영상물을 시청할 수 있고, 문학 정원에서는 자연의 숭고한 아름다움과 우리 문학의 소중함을 느낄 수 있었다.

가산 이효석(1907~1942) 선생은 강원도 평창군 봉평면에서 출생하여, 경성제일고등보통학교를 거쳐 경성 제국대학 법문학부 영어영문학과를 졸업. 이후 숭실전문학교와 대동공업전문학교 교수로 재임하였다. 〈도시와 유령〉, 〈노령 근해〉, 〈상륙〉, 〈행진곡〉, 〈기우〉 등을 발표하면서 동반자 작가로 활동하다가, 모더니즘 문학단체인 〈구인회〉에 참여하여, 〈돈〉, 〈산〉, 〈들〉 등의 작품을 발표하였다. 1936년에는 〈메밀꽃 필 무렵〉을 발표, 심미 중의적인 〈장미 병들다〉, 〈화분〉 등을 발표하였고, 그의 작품집으로는 《노령 근해》, 《성화》, 《해바라기》, 《이효석 단편선》, 《황제》, 《화분》 등이 있다. 이효석은 학창 시절 성적이 우수한 모범생이었으며, 문학 창작 능력이 뛰어나고, 음악적 능력도 뛰어난 다재다능한 사람이었으며, 서구 지향적인 모더니스트였다. 신여성 이경원과 결혼하였으나 일찍 사별하고, 고통스러운 말년을 보냈다. 〈메밀꽃 필 무렵〉의 배경인 메밀밭 위에, 2002년 이효석 문학관을 개관하였다. 물레방앗간에서 이어진 길을 따라 오르니 전망 좋은 곳에 문학관이 나타났다. 입장권을 사서 안으로 들어가니 이효석 문학비가 세워져 있어 잠깐 동안, 그의 삶과 문학을 생각해 보았다. 파란 가을 하늘에 그림처럼 걸려 있는 구름과 친구 하며 언덕을 오르니, 우리들의 발밑에 봉평의 너른 들판이 한눈에 들어오는 곳에 전망대가 있어, 잠시 숨을 가다듬고 바라보니 주변이 온통 하얀 메밀꽃 밭이었다.

문학관 안에는 이효석의 일생의 연대표와 가계도가 벽면에 붙어 있었다. 또한 이효석의 친필 원고와 작품이 수록된 잡지와 생활 공간이 재현되어 있었다. 당시에 출판된 서적과 함께 문학 활동을 한 문인들의 모습도 전시되어 있었다. 이효석이 활동하였던 시기는 일제 시대였는데, 첨단의 모던 생활을 하였던 듯하다. 나는 여고 시절, 국어 교과서에 실린 그의 수필 〈낙엽을 태우면서〉를 읽으면서, 이분은 아마도 유럽에서 생활을 하셨던 분이겠구나, 나 혼자 상상을 하였었다. 전시실을 한 바퀴 돌아보고 나오니 가을 햇살이 눈부신 잔디밭 가운데 책상에 앉아 원고를 쓰고 있는 이효석의 동상이 있어 기념사진도 찍었다. 그의 문학관을 나오면서, 문득 그의 수필 **〈낙엽을 태우면서〉**를 다시 읽고 싶어졌다. 집에 돌아와서 급히 그 책을 찾아, 그 일부를 인용해 본다.

〈낙엽을 태우면서〉 / 이효석

벚나무 아래에 긁어모은 낙엽의 산더미를 모으고, 불을 붙이면 속의 것부터 푸슥푸슥 타기 시작해서 가는 연기가 피어오르고, 바람이나 없는 날이면, 그 연기가 얕게 드리워서 어느덧 뜰 안에 가득히 담겨진다. 낙엽 타는 냄새같이 좋은 것이 있을까? 갓 볶아낸 코오피의 냄새가 난다.
잘 익은 개암 냄새가 난다. 갈퀴를 손에 들고는 어느 때까지든지 연기 속에 우뚝 서서, 타서 흩어지는 낙엽의 산더미를 바라보며, 향기로운 냄새를 맡고 있노라면, 별안간 맹렬한 생활의 의욕을 느끼게 된다.
(부분 인용)

콩트(짧은 단편) 모음

아주 오래된 추억의 단편

서울에서 두물머리를 가자면, 그곳을 지나가는 줄 몰랐다. 한국에 있을 동안 멋진 추억을 많이 만들어 두라던 어떤 분의 성화로 나는 무턱대고 길을 나섰는데, 목적지는 **'두물머리'**와 **'가평'**이다. 사실, 전혀 안 가 본 곳은 아니었다. 그래도 버스를 타고 가자면 이렇게 정확하게 이곳을 지나가리라고는 미처 알지 못했다. 아직 차가 없는 나는, 한국에서 주로 지하철을 이용해 이동하다 보니 서울의 지상 구간을 구경하는 일은 흔치 않아서, 시선을 창밖에 두고 넋을 놓다시피 하고 있는데, 문득 낯익은 곳을 지나간다. "아… 저런…!" 나도 모르게 내 입에서 작은 탄성이 흘러나왔다.

그곳은 바로 내가 한국에 와서 몇 달을 거주지로 삼았던 동네…, 그 동네에서 지내던 동안, 내가 매일같이 산보를 나가 걷곤 했던 **'미사리 조정 경기장'**, 나의 작은 공간에서 많은 시간을 내내 컴퓨터와 씨름하다 눈도 쉴 겸, 바람도 쐴 겸, 나는 주로 저녁나절쯤, 혼자 조용히 산보를 나가곤 했다. 긴 여름의 뙤약볕에서도 걷고, 가을의 노란 은행잎 더미를 발로 차며 걷기도 했다. 미사리 조정 경기장을 반 바퀴쯤 걷고, 둑방 위로 올라 한강을 옆에 끼고 걸으면, 멀리 보이는 덕소가 그 옛날의 소박한 동네가 아니라, 불빛 휘황한 아파트 단지가 된 것이 낯설듯이, 이 길을 걷고 있는 내 자신이 문득문득 낯설어지고는 했었다.

'지금 여기서… 왜 나는 혼자 걷고 있을까?'

미사리 조정 경기장의 물살을 힘차게 가르는 날렵한 보트 안에는 푸르른 시절의 그가 있었다. 거친 물살을 타고 매끄럽게 배는 나아가는 것 같지만, 배에서 내리면 토할 것처럼 힘들다는 조정을 하는 그는, 마치 터질 것처럼 싱싱한 젊은이였다. 아직 '조정'이라는 스포츠를 잘 모르던 그 시절에 선수가 되어, '스위프 보트'를 타던 그는, 함께 박자를 맞추어, 노 젓는 일에 진심이었을 것이다. 그때는 그가 단 한 사람과도 동행할 수 없는 사람일 거라고 눈곱만큼도 상상하지 못했었다. "우리가 이렇게 결혼의 연을 맺었으니, 죽을 때까지 어떻게 해서든지 잘 살아 내자."는 나 자신과의 무거운 약속을 깨는 날이 이렇게 빨리 오리라고도, 나는 미처 알지 못했다. 우리의 푸르렀던 그 나날들은 결국 누렇게 퇴색했고, 그 시절 물살을 가르던 젊은이들 가운데 한 사람의 기억이 떠오르면, 나는 떨쳐내듯이 내 느린 발걸음을 재촉하곤 했다.

그것은 슬픈 듯도 하고, 약간은 아픈 듯도 하고, 그러나 아무렇지도 않은 듯도 하고…! 도대체 나는 아직도 알 수 없는 감정들이다. 나는 형용할 수 없는 감정과 싸우듯이 매일 그곳을 마치 행군하는 군인이 걷듯이 걷고, 또 걸었다. 그랬던 그곳을 이제 두어 달 만에 다시 지나가고 있다. 내 머릿속, 과거의 그는 아직도 그곳에서 싱싱한 젊음을 뽐내며, 배를 타고 있다. 내가 탄 차는 그곳에 머물지 않고 빠르게 지나간다. 내 주위에서 시간이 이렇게 빠르게 지나간다는 것은 좋은 일이다. 모든 것은 지나가고, 나는 이렇게 혼자 남았다.

'아…! 모든 것을 굳이 잊을 필요는 없을 것이다.'

그 추억은 내 삶의 일부였고, 한때는 그것이 내 삶의 전부라고 착각했을지도 모를 한 사람에 대한 기억은, 죽을 때까지 아주 깨끗이 떨쳐내지는 못할 것이다. 그러나 나는 점차 퇴색된 추억 속에서 그를 느리게, 그리고 더없이 조용히 기억해 내리라…! 그러나 그의 선택대로 살아야 했던 지난날의 어리숙했던 나는, 이제 더 이상 없다.

이제는 오롯이 내 의지대로만 살아 내야 한다.

이것을 상기하는 순간…! 나는 조금은 설레기도 하고, 약간은 흥분되기도 하고, 아주 가끔은 두렵기도 하지만, 사실, 나에게 주어진 대부분의 시간은 노을이 지듯이 평온하고, 또 행복하다. 두물머리 가는 길에 차창 밖으로, 다시 '미사리 조정 경기장'을 지나고 있다. 거기에는 젊은 내 추억의 한 사람 대신에, 이제는 싱글 스컬을 타고 있는 초로의 내가 보인다. '미사리 조정 경기장'의 물살은 더없이 잔잔하고, 내가 탄 보트는 소리도 없이 미끄러진다. 그러나, 우리의 결승선은 아직도 멀었다. 그 끝이 보이지도 않는 저 멀리에 도달해야지만, 겨우 그 끝이 보일 것이다. 나는 다시 내가 탄 보트의 노를 힘껏 저어 본다. 저 멀리에서는 어느덧, 5월의 석양이 그림처럼 곱게 내려앉고 있었다.

사람의 손과 손톱

내 열 손가락 끝에 손톱이 가지런히 자랐다. 자의 반, 타의 반으로 장기 휴가를 가지다 보니, 손톱이 이때다 싶었는지 새싹처럼 자라나고 있었다. 사실, 집을 짓고, 다듬는 일을 하면서, 스스로에게 '험한 일은 아니다…!'라고 늘 혼자 말해 왔지만, 어쨌든 일을 하면서 손을 많이 쓰기는 했다. 나는 요 몇 년 전부터 손톱이 온전히 남아나질 않았다. 좀 자랐다 싶으면 부러지는 일은 다반사였고, 자랄 새 없이 손톱은 자잘하게 부서져 나가기도 했다. 네일 숍은커녕, 집에서 하는 매니큐어조차 해 주지 않는 손톱이었지만, 금세라도 내 손톱이 부러지고 부서지는 걸 보면 마음이 안 좋았다. 인터넷에서 떠도는 손톱이 잘 부서지는 현상은, 신체 어디가 안 좋아서 그런 것이라는 건 믿지 않으려 했지만, 아주 가끔은 궁금해지기도 했었다. 거울은 거의 안 보니 얼굴은 나 몰라라 하면서도, 자주 눈에 뜨이는 손톱과 손만큼은 아직 고왔으면 싶은 욕심이 있었나 보다.

나는 인터넷을 통해 '손톱 영양제'와 손에 바르는 '로션' 등을 구입하기도 했었다. 이런 집착에 내 스스로 우습기도 했지만, 그것은 내 작은 허영심이었다. 요즈음 모처럼 온전한 손톱을 보니, 내 '제부'가 생각났다. 하나 있는 제부는 기름밥을 먹는다 했다. 공단 가까이에서 기계에 들어가는 조그만 부품을 제작하고 판매하는 가게를 하는 그의 손은 늘 시커먼 기름이 묻어 있었다. 그리고 변변한 옷 한 벌 없이, 늘 작업복 차림이었다. 그의 손은 비누질을 해도 잘 닦이지 않는 기름때 때문에, 손톱 밑에도 거뭇한 것이 남아 있는 건 물론이고, 단단하고 뾰족한 것들을 다루다 보니, 베이고 찔리고…, 거기다 열처리 과정도 있으니 당연히 덴 흉터도 많았다.

그는 그런 손을 몹시도 부끄러워하였었다. 그래서 어디 가서도 손을 내놓는 것을 주저하였지만, 나는 그 손이 참으로 대견했다. 열심히 일하고 성실하게 사는 그의 삶을 그대로 보여 주는 손이 아닌가…! '손톱 밑의 때만큼도 여기지 않는다.'는 말이 그와 같은 경우에는 정말 억울하겠다 싶었다. 그의 손톱 밑의 기름기는 그의 삶을 지탱해 주고, 나름 살림을 짱짱하게 이루는 원동력이 아니겠는가…!

내가 기억하는 우리 친정아버지는 늘 손에 '펜대'만 쥐고 사셨다. 아버지는 희고 고운 그 손으로 집안에 무슨 일이 생겨도 '나 몰라라.' 하셨다. 그런 아버지한테 질렸는데, 옛말에 '여우 피하다 호랑이 굴에 들어간다.'고 나와 같이 살던 그 사람은 우리 아버지보다도 더했다. 그의 두 손도 험한 세상 살아 내기에는 너무도 곱기만 했으니, 집 안에서 공구 들고 설치는 일은 고스란히 내 몫이었다. 그러다 전혀 별세계의 사람 같은 제부를 보자, 나는 너무 신기했다. 그의 손은 맥가이버 같아서 집안 구석구석 안 미치는 곳이 없었으니 동생은 복에 겨워 "밥상 차려 놨는데 일만 한다."고, 이렇게 투정 아닌 투정을 했다. 그의 손은 집을 나가서나, 집에 들어와서나 늘 바지런히 움직이고, 그의 손톱 밑은 항상 거뭇했다. 결국, 이렇게 성실한 그의 살림은 우리에 비해 상당히 포실하다. 나는 그를 보기만 해도 흐뭇하고 대견해서, 볼 때마다 처형의 체통을 버리고 그의 손을 쓰다듬어 주고 싶다. 가족을 위해, 살아 내기 위해 열심히 일한 흔적,

기름때의 흔적이 남아 있는 손톱을 가진 상처투성이의 손…, 그런 손이 존중받으며, 아낌받는 세상이 되었으면 좋겠다. 나는 이제 흰머리가 희끗해진 제부가, 더이상 그의 손톱 밑의 얼룩을 부끄러워하지 않았으면 좋겠다. 오히려 그 나이 먹도록, 집안의 아내만 고생시키는, 손이 희고 고운 남자들이 그들의 삶을 부끄러워했으면 좋겠다.

흰 목련 같았던 내 친구, 정희

얼마 전 2주기를 지낸, 마음도 몸도 고왔던 내 친구의 얘기를 해 보려 한다. 그친구는4월에 하얗게 핀 목련처럼 단아하고 자태가 곱던 아이였다. 그 화려한 목련이 지고 나면, 유난히 꽃이 진 자리가 참 쓰리고 허무하듯이, 한 생을 아름답게만 살다가, 5월의 흰 목련처럼 한순간에 이 세상에서 사라져 버린 친구…!

내 오랜 친구의 이름은 '정희'이다.

그녀는 그 이름처럼 참 수수하고, 누구에게나 배려심이 넘치던 참 무난한 성격이었지만, 그러나 그녀는 묘한 매력이 있었다. 향수를 뿌리지 않아도, 그녀의 향기에 다시 한번 돌아보게 되는 사람이었다. 정희를 처음 만난 것은, 내가 대학 2학년 때, 점차 가을이 깊어져 가던 10월의 늦은 오후였다. 우리 대학 정문의 바로 앞에는 자그마한 석교가 있었고, 그다리 가기 전에 **'S'**란 찻집이 있었는데, 그 당시에 드물게 사이펀 커피-화학 실험용 사이펀으로 내린 원두커피를 팔아서, 우리 학교 학생들에게 아주 인기가 좋았다. "S"란 단어는 '심포니'의 첫 글자였었는데, 늘 클래식 음악이 나오고, 그 안의 분위기가 좋아서, 우리들의 최애 카페였었다.

그곳은 우리에게 수다도 떨고, 밀린 과제도 하며, 때로는 토론의 장이 되곤 하던 '다문화 공간'이었다. 늘 내 고교 동창이었던, 착한 미선이도 그곳에서 수업이 있는 날이면, 날 기다렸고, 내 남자친구였던 선배도 거기서 수업하는 나를 기다렸다. 내 수업을 마치면, 그 친구를 잠시 보고, 나는 주로 선배와 함께 학교 공부도 하고, 밥도 먹고, 밀린 얘기를 나누거나, 명동이나, 종로에 나가서 그 당시 유행하던 영화를 보았다.

어느 날, 내가 약속 시간보다 좀 이르게 그 카페에 들어갔을 때, 마침 그곳에는 아무도 없었고, 한 수수한 여학생이 창가에 앉아 있었다. 우리 대학교는 눈에 띄게 외모가 화려한 친구들이 많았기에, 외려 수수한 학생은 눈에 띈다. 두꺼운 검은색의 테두리 안경까지 낀 그녀는 곁에 쌓인 책을 보느라, 정신이 없었다. 왠지, 그 친구의 느낌이 좋아서, 나는 그녀와 친구가 하고 싶어졌다.

"안녕…? 나, 여기 같이 앉아도 돼?"

나는 그녀가 나보다 아래인 것을 확신하며, 쉽게 말을 놓았다. "네에? 누구신지…?" 갑자기 말을 건넨 나를 망연히 쳐다보던 그녀의 까만 눈동자…! 그렇게 그날부터 우리는 친한 친구가 되었는데, 그녀 또한 만만찮은 삶의 이야기가 있었다. 아버지의 사업이 갑자기 부도가 나고, 달동네로 이사하면서, 그 어머니의 끝없는 헌신으로 우리 대학교에 들어와서, '학교 장학금'으로 공부하고, 학교가 마치면 곧장 과외를 해 주러 달려간다. 그녀는 글을 잘 써서, 신춘문예를 준비하던 '국문과 학생'이었다. 그녀의 시를 읽으면, 나도 모르게 내 눈에서는 눈물이 나곤 했다. 내 4년간의 긴 연애와 결국은 그와의 이별에 가장 아파하고, 내내 굵은 눈물을 뚝뚝 흘리던 친구…. 그녀는 나를 위로한다고, 나에게 이별에 관한 시를 하나 써 주었는데, 그 시를 보고 나서, 나도 울었었다. (사실, 내가 여러 번 권해서, 그녀는 그 시를 신문사의 신춘문예에 넣었지만, 아쉽게도 낙방하고 말았다.)

정희가 대학 졸업반 때, 암으로 졸지에 어머니를 잃고, 그다음 해, 아버지마저도 지병으로 돌아가셔서, 아래로 고등학교와 대학에 다니던, 두 남동생을 책임져야 했던 그녀였다. 공부도 그럭저럭 잘했지만, 그때 너무도 딱한 집안 사정상 교사 임용 고시를 치르지 못하고, 결국 동네의 학원 교사로, 학습지 교사로 일하다가, 그 동네 이웃집의 아들과 급히 결혼한다. 그 사람 집안이 졸부로 돈이 좀 있어서, 아마도 집안의 동생들에게 도움이 되리라 믿었던 것이었다. 그런데 그 사람이 결혼 후, 시름시름 아파서, 그 시부모님의 원대로 이혼을 해 주고, 정희는 같이 살던 작은 아파트 하나를 겨우 위자료로 받고, 혼자서 딸 둘을 길렀다. 원래 몸이 약하던 남자였는데, 오히려 남자가 아픈 것이 내 친구가 잘못 들어와서라고, 말도 안 되는 그 시부모의 원망을 들으며 헤어졌다. 그렇게 힘들게 남동생 둘을 뒷바라지하고, 남편과의 사이에 낳은 딸 둘을 이쁘게, 정성스럽게 잘 키웠다. 남동생들도 그럭저럭 다 잘 커서, 다 대기업에 취직했고, 아이들도 공부를 잘해서, 대학에 잘 다니고 있었다.

곧 졸업 후, 직장만 잡으면 되어서, 이제는 그다지 사는 걱정을 하지 않아도 될 무렵, 그녀는 한 남자를 만나게 되었는데, 그 사람은 그녀의 이웃에 살았다나, 뭐라나…! 그런데 착한 정희가 만난 그 남자는 허울만 멀쩡하고, 거의 사기꾼 수준의 한심한 남자였다. 그 사람은 입만 열면 말도 안 되는 거짓말에 삶 자체가 허풍 덩어리. 게다가 잘 풀리지 않는 자신의 삶을 원망만 하면서, 늘 술에 빠져 살았다. 거의 '알코올 중독자'였었던 그 남자에게 어쩌다 몸을 거의 강간당하다시피 빼앗긴 후로, 그녀는 누가 봐도 이상한 '그 남자의 여자'가 되기를 주저치 않았다. 너무 순수한 그녀였기에, 자기 몸을 사랑해 준, 그 남자에게 너무 깊이 빠진 것이다. 얼마나 그 남자에게 깊이 빠졌던지, 누구에게나 보이던 '그 남자의 허물'이 그녀에게는 전혀 보이지 않는 듯했다. 자신의 인생을 홀랑 그 남자에게 저당 잡혀, 우리 친구들의 반대에도 같이 살림을 합치고, 내내 그 남자의 끝없이 쌓인 그 큰 금액의 빚이며, 백수였던 그 남자의 용돈을 벌기 위해 자신에게 맞지도 않는 온갖 일들을 다 하더니, 그 후로는, 그렇게 애지중지하던 딸 둘의 뒷바라지도 적당히 하기 시작했다.

홀로, 딸들과 두 동생의 뒷바라지만 하면서, 외롭게 지내 오던 그녀에게, 그 남자는 그녀가 이전에 알지 못했던 '삶의 희열'을 알게 해 준 사람이었나 보다. 그 남자에게 자신의 모든 것을 바치고, 그와의 사랑에 미쳤었다고 해도 과언이 아니었다. 그러나, 그 남자가 정상적으로 사랑을 하고, 받을 수 있는 사람일까? 정희가 그렇게 헌신하며 뒷바라지했던 그 남자가 바람이 나서, 다른 여자에게 가 버리고 나자, 그로부터 내 친구의 끝도 없는 '긴 지옥의 시간'이 시작되었다. 그 남자는 자신과 격도 맞지 않던 정희에게서 사랑을 넘어선 '집착의 광기'를 느낀 것일까? 사실, 그녀의 속사정을 잘 모르던 우리는 "잘되었다. 정희야! 제발, 그 참에 너도 새 인생을 살아라…!"라며, 그렇게 정희에게 위로하면서, 새 삶을 권했지만, 그 남자가 없는 그녀의 삶은 마치, '공기 빠진 풍선' 혹은, 가을걷이가 끝난 후의 빈 들판의 '텅 빈 허수아비' 같았다.

정희는 매일 그를 목이 빠지게 기다리고, 따뜻한 저녁밥을 해 놓고, 어느 날에는 그가 산다는 그 여자 집 앞에서 그를 기다리다가 그 남자에게 오히려 매를 맞고, 집으로 쫓겨온 것도 여러 번이었다. 그러다가, 정희는 그 이별을 받아들이지 못하고, 결국은 정신 이상이 왔다. 깊은 '우울증'과 '공황장애', 그리고 '불면증'… 늘 다량의 수면제를 먹고 나서야 잠을 잤는데, 결국 그가 영원히 자신에게 돌아오지 않을 거라는 것을 깨닫고 나서는 '수면제 과다 복용'으로 병원에 실려 간 후에 결국, 정희는 영영 긴 잠에서 깨어나지 못했다.

그것이 벌써, 지지난 봄이었다. 유난히 목련을 좋아해서, 그 아래서 시나 소설책을 보던 아이…! 목련처럼 곱던 자태가 그 남자의 배신으로 마치 땅에 떨어진 목련처럼, 그 형색이 엉망이 된 채로, 정희는 영원히 잠이 들었다. 그 남자는 어디서 무얼 하는지, 그녀의 허망한 죽음을 알기나 하는지, 자신 때문에 죽음을 맞이한 그녀의 장례식에도 오지 않았다. 친한 친구들 몇 명과 딸 둘, 그리고 그녀의 남동생과 그의 가족들이 마련한 쓸쓸한 빈소! 흰 국화만이 가득하던 병원의 안치실과 장례식, 그리고 한 줌의 재로 남은 그녀의 마지막 모습이 갑자기 찾아온 10월 말의 쌀쌀한 날씨에 문득, 생각이 났다.

"정회야, 내 사랑하는 친구야!

그곳에서는 춥지 않고, 따뜻하니? 그렇게 그리워하던, 네 어머니와 아버지는 잘 만나 뵈었니? 부디, 그곳에서는 외롭지 않기를, 사랑하는 분들과 내내 행복하기를…!"

나의 그리운 친구, 영애

이영애…, 아주 오래전 대학 1학년 새내기 때, 나는 그녀를 '남산의 한 도서관'에서 우연히 만났다.

늘 나와 같이 다니던 단짝 친구가 부산 집에 갈 일이 생겨서, 나는 친구를 배웅한답시고, 기어이 서울역까지 따라 나갔다가 남산 도서관에 볼 책이 있어서 잠시 들렀는데, 우연히 그곳에서 그녀와 마주 앉았다. 가벼운 눈인사를 하고 다시 보니, 내 또래의 청순하고 이지적인 풋풋한 여대생으로 보였다. 하도 오래전 일이라 디테일한 부분은 기억이 흐릿하지만, 내 젊은 날의 한 페이지를 곱게 장식한, 영혼이 아름다운 그녀 '이영애'를 만난 것은 내 인생에서의 큰 행운이었다.

무슨 인연이었을까…? 그날 우린 서로에게 이끌려, 책을 덮고 밖으로 나가 찻집에서 많은 얘기를 나누었다. 그 당시, 사치스럽고, 책은 별로 읽지 않고, 옆에 멋으로 끼고 다니던, 겉멋만 잔뜩 든 내 또래의 보통의 여대생과는 달리 그녀의 첫인상은 반짝이는 밤하늘의 별을 본 듯도 했고, 그녀의 영혼은 환한 보름달처럼 빛났던 것도 같다. 아마도 우리가 남녀 사이라면, 서로가 첫눈에 반해 불꽃같은 열애가 시작되었을 거라고, 훗날 둘이서 그때를 회상하며 말했었다. 겉모습은 도회적이고 세련된 그녀는 뜻밖에도 북한강을 둘러싼 깊은 산속 '화전민의 딸'로 자랐고, 도시로 나와 여상을 졸업하고 동생과 자취하며 은행 취업을 위해, 현재는 학원에 다닌다고 했다.

시골의 청정 지역에서 자라 순수하고 때 묻지 않은 그녀의 매력에 빠진 나는, 헤어지기가 싫어서 아무 망설임 없이 그녀의 서교동 자취집으로 갔다. 그때는 우리 모두가 '순수의 시절'이 아니었던가…! 우리는 집에 가다가 장을 봐서 같이 저녁을 해 먹고, 우리 학교 캠퍼스 주변을 산책하며 마치 '오래된 친구'처럼 급속도로 친해졌다. 새로운 대학교 생활에 적응하며, 모든 것이 낯설었던 나에게 또 다른 친구가 생겨서, 가끔 내 옆의 단짝 친구와 셋이서 영화도 보고, 음악 감상도 하며…, 멀리서 시골에 계신 그녀의 부모님이 보내 주신 먹거리도 나눠 먹었다.

어느 연휴가 주어진 날이었을까? 영애는 나를 그녀의 부모님이 살고 계신 시골집으로 데리고 갔다. 배를 타고 북한강을 가로질러, 나룻배 한 척이 쉬고 있는 깊은 산기슭…, 어느 작은 선착장에서 내려 그녀에겐 익숙한 좁은 오솔길을 따라 올라갔다. 아름다운 단풍 숲 사이로 졸졸 흐르는 개울가엔 예쁜 야생화가 자연 그대로의 모습으로 우리를 반겨 주었다. 온갖 나무들이 빼곡히 들어선 산길을 한참을 올라가니, 산 중턱쯤 서너 채의 아담한 초가집들이 눈에 들어왔다. 집 주변의 감나무엔 발갛게 익은 감이 주렁주렁…, 큰 밤나무엔 터질 듯한 밤송이가 탐스럽게 열려 있고, 마당 가운데엔 깊은 우물이 자리 잡고 있었다. 잘 가꾸어진 밭엔 고구마와 땅콩, 무와 배추가 수확철을 맞아 일손을 기다리고 있었으니, 그야말로 풍성한 가을 풍경이 내가 꿈에 그리던 유년의 고향을 그대로 옮겨 놓은 것 같았다. 반갑게 맞아 주신 영애 부모님께 인사를 드린 후,

시골에서는 과분한 저녁상을 받고 정말 맛있게 식사를 하였다. 내가 잘 먹는 것을 본 영애의 부모님과 영애도 무척이나 기뻐하였다.

환한 보름달 밤에 평상에 나와 앉아, 향기로운 가을 정취에 취한 나는 촛불을 켜 놓은 산골 소녀의 예쁜 꿈을 키워 준 영애의 방에서 둘이서 도란도란 얘기하다가, 어느새인가 모르게 깊은 잠이 들었다. 다음 날 아침 개울가로 나가 찬물에 세수를 하고, 집 옆의 도랑 가에서 가재도 잡아 보고, 아침 식사 후엔 고구마와 땅콩을 캐고 가을걷이 일손을 도와 드렸다. 풍성하고 따사로운 가을 속에서 긴 하루를 보낸 후, 저녁엔 등불을 켜 들고 강가로 내려가 나룻배를 타고 뱃놀이를 하며, 영애는 그녀의 힘겨웠던 어린 시절 얘기를 들려주었다.

동생들이 셋인 착한 언니, 영애는 눈비가 와도 동생들을 태우고 강 건너 학교까지 가녀린 손으로 노를 저어 등교했으며, 어느 겨울에는 방과 후에 갑자기 폭우나 폭설이 내려 난감했고, 엄혹한 겨울엔 강이 얼어서 배를 띄우지 못해 결석할 수밖에 없었던 적도 더러 있었다고 했다. 그녀는 어릴 때부터 자기가 성공해서 부모님과 동생들을 도와야 한다는 무거운 책임감을 피할 수가 없었다고 했다.

화전민의 딸로 태어나 자라면서, 그녀가 겪었던 불편하고 서러웠던 지난날을 담담하게 얘기할 때는, 열악한 환경에 순응하며 자란 산골 소녀의 강한 의지가 느껴졌다. 그렇게 우리는 가을의 황금빛 들판에서 2박 3일의 꿈같은 시간을 보내고, 영애 어머니가 챙겨 주신 여러 먹거리를 가득 싣고, 서울로 돌아와서 한동안 감사히 먹었다. 시리도록 아름다웠던 우리의 추억 속엔 빨간 단풍잎과 노란 은행잎들이 빛바랜 편지 속에서도, 선물로 받은 책갈피 속에도, 곱게 자리 잡았었다.

지금은 내 마음 갈피에 살며시 끼워 놓은 내 친구-영애는 결국, 서울에서 바라던 '은행원'의 꿈을 이루었고, 나는 대학 졸업 후, 미국으로 건너갔다. 그러나 우리는 내가 한국에 나올 때마다, 꼭 시간을 내고 만나서 서울과 대구, 그녀의 고향, 부산 등을 오가며 우리의 변함없는 우정을 마음껏 꽃 피웠다.

이제 돌아보면, 우리의 머리에 서리가 내려 희끗해진 나이이지만, 아직도 소녀 같은 영애와 나는 그때의 일들을 어젯밤 꿈처럼 소중히 기억하고 있다. 아름다운 그림 속을 거닐 듯이 그녀와의 추억은 저 멀리 타국에서 사는 나를, 도심에서 지친 나를 그 옛날, 그녀의 고향집에서처럼 따뜻하게 보듬어 주고, 그 추억만으로도, 그녀는 나를 늘 행복하게 만들어 준다.

HOME, SWEET HOME

내 이름은 박은혜, 바로 3살 터울의 언니는 박은영, 나보다 5살 아래의 남동생은 박은석이다! 나는 내 이름 덕분에, 늘 "목사님 딸이냐?"라는 질문을 가장 많이 받았고, 학교에서는 "은혜야, 은혜스럽게 책 한번 읽어 봐!" "은혜야, 은혜스럽게 칠판에 떠드는 사람 이름 좀 적어 보렴!" "은혜야, 책 좀…!" "은혜야, 나 미술 숙제 좀…!" 선생님들도, 친구들도, 나를 놀리셨다. 그것은 나에 대한 사랑의 표현이었고, 애교스러운 장난이었다.

사실, 우리 부모님은 교회를 나가셨지만, 그다지 신앙심이 깊지 않으셨는데도, 내 이름에 '혜' 자를 넣는 바람에 나는 늘 이런 주위의 선입견에 시달리게 되었다! 그래서일까? 나는 공부는 그럭저럭하는 모범생이었지만, 내 은밀한 학교생활은 거의 '일진' 수준이었다. 집 근처의 여자 고등학교에 다니며, 부지런한 엄마 덕분에 늘 빳빳하고 새하얀 카라 깃에, 깔끔한 교복 차림새, 늘 히얗게 빛이 나던 실내화, 그리고 '일제 코끼리 밥통'을 들고 다니고, 두 갈래로 곱게 땋은 단정한 머리, 게다가 공부를 좀 잘했고, 선생님들도 나를 이쁘게 보셨기에, 학교의 '일진' 애들은 나를 마치 한 나라의 공주처럼 극진히 대했다.

나는 아주 우쭐해서, 우리 학교의 일진 애들과 어울리고, 그 애들의 어마어마한 호위 아래, 근처의 빵집에서 남학생들과 미팅하거나, 영화관에서 동네의 노는 남학생들과 과자와 콜라를 먹으며 놀았다. 버스를 몇 정거장 타야 하는, 시내의 '앗싸 로라 스케이트장'에서 막 대학에 입학한 2살 위 언니의 사복을 몰래 입고, 입술엔 엄마의 루주까지 살짝 훔쳐 바른 채, 대학생인 척해서, 결국은 그곳에서 멋진 대학 2년생 오빠를 사귀게 되었다. 사실, 나는 글을 제법 잘 썼다. 늘 바쁘신 부모님 때문에 심심했던 나는 집 안의 모든 책을 섭렵했는데, 이것이 내 학교생활을 아주 편하게 만들어 주었다.

가령, 반성문을 쓸 때면, 너무나 그 내용에 몰입하며 상황을 지어내서 슬프게 쓰는 바람에 선생님들의 값싼 '동정표'를 쉽게 받아 낼 수 있었고, 그림도 잘 그렸다. 나의 이런 문예적 특기로 모든 선생님의 예쁨을 받게 되었다. 학교 내의 문학 행사에는 내가 거의 독보적으로 활동했다. 매년 '환경미화' 주간이 되면, 나는 스스로 미화부장을 맡아서 반 뒤의 '문예란'과 '그림난'에 내 글들과 그림을 주로 걸고, 내 친구들의 글까지도 내가 대신 써서 걸어 주었고, 우리 선생님의 칭찬을 한가득 써서, '칭찬합시다' 난에 붙여 놓았다. 게다가 질문이나, 대답을 아주 잘해서, 우리 반은 주로 학교 대표로 장학사님의 방문 시, '대표 참관수업'을 하게 되었다. 그러니, 이렇게 매사에 영특한 나를 누가 이뻐하지 않을까!

그런데, 요즘 나의 문제는 내가 대학생인 척하면서 사귄 그 오빠가 너무 진지하게 나를 좋아하는 데 있었다. 내가 써 준 연애편지를 친구들에게 대놓고 자랑하는 바람에, 그 대학생 오빠들이 나에게 '내 친구들과의 미팅'을 주선해 달라고 난리를 치는 것이었다. 게다가 나는 언니의 사복을 입고서, 언니의 'E 여자 대학생 배지'를 달고 다녔으니, 나는 영락없는 그 대학교의 신입생이었다. 나를 좋아하던 그 오빠는 언니네 옆 학교인 'Y 대학'의 2학년 학생이었다. 할 수 없이 나는 학교의 좀 반듯하고, 공부를 잘하는 내 친구들을 섭외하고, 언니에게 며칠을 굽신굽신거리며 부탁해서, 다른 친구들의 'E 대학교 배지'까지 얻어서 친구들에게 달아 주었다. 영광스럽게도 'Y 대학생' 오빠들과의 미팅에 내 친구들은 한껏 들떴지만, 나는 이 모든 것을 준비하면서, 영 마음이 불안하였다.

드디어 우리의 역사적인 미팅 날이 다가왔다!

그날은 토요일, 우리는 종로 3가의 어느 한적한 커피점에서 11시에 만났다. 내가 주로 공부하러 다니던 학원이 바로 종로 3가였기에, 그곳의 지리는 나에게 '씹던 껌'과 같았다. 그 커피점에서 대강 파트너를 정하고 나서, 근처의 음식점에서 점심을 해결한 후에, 종로 3가에 즐비한 영화관 중의 하나에 가면 될 일이었다. 극장 안은 어두컴컴하니, 그곳에서 몇 시간을 보내고 나면, 이미 바깥은 어둑어둑할 것이고, 그러면, 대충 차나 한잔하고서, 각자 파트너와 헤어지면 될 일이었나! 종로 3가의 커피점에 남, 여를 4:4로 줄줄이 앉혀 놓으니, 그 모습은 참 가관이었다. 나는 너무 웃겨서 "큭큭큭"거리며 웃었고, 자기 친구들에게 여대생과의 소개팅을 주선하며, 어깨가 잔뜩 올라간 내 대학생 남자친구는 몹시 상기된 모습이었다. 내 남자친구와 그의 대학생 친구 4명의 얼굴이 다 붉게 달아오른 이유 중 하나는, 내 친구들이 옷을 너무 야하게 입고 나왔기 때문이었다. 대학생처럼 하고 나오랬더니, 어디서 '이상한 야한 옷'들을 구해서 입고 온 것이다. 그리하여, 미팅에서 서로 소개를 하고, 자신의 소지품을 하나씩 내놓았는데, 거울, 손수건, 만년필, 분홍 손지갑이 나왔다. "저런…!" 눈치 없던 한 친구가 자신의 소지품이라며, 분홍색의 작은 손지갑을 내놓았는데, 그것의 뒷면에는 우리 고등학교의 '사진이 붙은 학생증'이 있었다.

"헐~"

"은혜야! 이게 뭐야?"

"어멋?"

"너희들, 다 고등학생들이야?"

그 카페에 줄지어 앉아 있던, 8명이 동시에 나를 바라보았다. 가장 놀란 것은 대학생인 내 남자친구였다. 그 커피점의 대형 수족관 안의 금붕어들조차, 눈과 입을 뻐끔뻐끔거리며, 당황한 나를 바라보는 듯하였다.

이상하게 불안하던 내 예감은, 결국 이렇게 딱 적중하였다! 나와 내 친구들은 이 모든 사실을 그들에게 다 털어놓고 말았다. 혹시라도, 그들이 우리 고등학교에 신고할까 봐, 그것이 걱정이었다. 내 대학생 남자친구는 듬직하게 이 모든 것을 다 자신의 탓이라며, "허헛…!" 내 옆에서 어이없어하며, 웃고 있었다. 이렇게 해서, '우리들의 일탈'은 허무하게 끝이 났다.

"나? 내가 그 후에 어떻게 되었느냐고…?"

그 후에 나는 '모든 것에는 때가 있다.'라는 어른들의 말씀에 따라, 그 남자친구와 2년간의 이별을 한 후, 열심히 공부하여, 드디어 'E 여자 대학교'에 당당히 입학하였다, 내 남자친구는 그때, 'Y 대학교'의 4학년이 되어 우리는 드디어 우리 대학교 앞, 클래식이 멋지게 나오던 '심포니' 커피점에서 역사적인 만남을 가졌다. 그는 착하게도 그 후로, 공부만 하였다고 나에게 수줍게 고백하였다. '흠, 내가 알 게 뭐람!'

아무튼, 나는 그 후로 오빠 모르게, 미팅으로 몇몇 남자친구를 몰래 만났지만, 그 오빠만큼 나를 잘 알고, 편하게 대해 주는 사람은 없었다. 내가 대학 졸업 후, 나만을 기다리던 그 오빠와 나는, 곧장 '결혼'을 하게 되었고, 우리는 슬하에 남매를 두고 있다. 시간이 얼마나 빠른지, 그 아이들은 벌써 다 커서, 회사 근처로 각자 독립하고, 텅 빈 집에는 이제 그와 나만 남았다.

그는 현재, 내 옆에서 얌전히 늙어 가고 있다. 그의 늘어 가는 흰머리에 유난히 신경이 쓰이고, 그의 구부정해진 어깨가 못내 마음에 안쓰럽다. 나는 아이들을 키우며 틈틈이 쓴 글이 드라마 극본에 당선되어, 원하던 '드라마 작가'가 되었다. 비록 유명한 작가는 아니지만, 몇몇 주말극과 단막극이 내 이름으로 방영되었을 때, 남편과 나는 거실의 TV에서 나오는 내 드라마와 마지막 엔딩에 올라오는 '작가, 박은혜'라는 이름을 보면서, 서로 마주 보고 울었다. 나의 꿈을 늘 응원해 주고, 내 글 쓰는 솜씨가 아깝다며 방송국의 드라마 극본의 공모에 응모하라고 부추긴 것이 바로, 늘 내 옆에서 나를 지지해 준, 착한 내 남편이었다. 이제 봄이 다가오는 이 계절, 우리 사이에 물처럼 흘러간 긴 세월을 가만히 생각하니, 나는 갑자기 눈이 콕콕 쑤시는 듯하고, 허전한 내 가슴속에 겨울바람이 세차게 부는 듯이 시려 온다.

'아! 벌써, 5월의 봄 햇살이 너무 눈이 부신가 보다…!'

갑자기 눈시울이 시큰하고, 눈가에 눈물이 맺힌다. 나는 무심하게 일어나, 안방과 거실의 두꺼운 커튼을 쳐 본다. 그러곤 부엌으로 달려가, 남편과 저녁에 먹을 잡곡밥을 쿠쿠밥솥에 앉힌다. 곧이어, 게으른 나 대신 맛있는 밥을 해 주는 정겨운 내 밥솥 친구의 목소리가 들린다.

"맛있는 잡곡밥이 완성되었습니다! 밥을 푸세요!"

해바라기 밥집의 착한 그녀

우리 동네에 깨끗한 밥집이 생겼다. 좀 우중충한 건물 사이에, 해바라기를 노랗게 그려 넣은 생뚱맞은 밥집! 지나는 길에 호기심에 한번 들어가 보았다. 그런데 의외로 싼값에 어찌나 반찬들이 정갈하던지…, 식당의 한구석에서는 70이 넘으신 그녀의 어머니가 손수, 나물들을 다듬고 계시고 50대 초반의 예쁘장한 그녀는 땀을 흘리며 부엌에서 음식을 만든다. 그녀가 하도 바빠 보여서, 나도 몇 번 그녀가 하는 일을 도와준 적이 있다. 그 식당은 뷔페식으로 갖가지의 반찬을 가져가는 것인데, 늘 맛난 국과 정갈한 반찬이 10가지도 넘게 준비되어 있다. 밥도 흰밥과 잡곡밥을 준비해 놓았다. 내가 가장 놀란 것은 메추리알 장조림을 알맞게 졸인 후에, 거기에 파란 쪼글이 고추와 곤약을 이쁘게 유과처럼 만들어 같이 졸인 것이었다. 내가 만들어도 손이 많이 가는 반찬을 이런 식당에서 하다니…! 그리고 때마다 나오는 계절 야채들을 다듬어 들기름에 조물조물 무쳐 놓은 것이라든지, 김치도 종류별로 서너 가지가 된다. 찌개 한 가지와 국 하나, 그리고 생선구이와 바삭한 돈가스가 나오고, 때론 매콤한 닭 졸임도 나온다. 그 집의 단골이 된 나는 내가 가는 병원과 약국 등에 선전을 해 주어서, 모두 그 집의 단골이 되었다.

내가 잘 가는 병원의 아래에는 착하고, 성실한 50대 후반의 약사분이 계신다. 안타깝게도 오래전에 사별하고, 혼자되어 딸 둘을 잘 길러 독립시키고, 이제 그 근방의 아파트에서 혼자 산다고 하였다. 나에게 처방약을 주며, 늘 주의사항을 자세히 알려 주시고, 때로 박카스와 쌍화탕도 건네주시는 마음이 따뜻한 분이시다. 어느 날, 사별한 후, 혼자되어 어머니를 모시고 사는 해바라기 밥집의 그녀를 정식으로 그분에게 소개해 드렸다. 이미 그 집의 반찬이 맛있다며 단골이 된 터라, 그 어머니와도 몇 번 인사를 나눈 사이였다. 참 착하고 음식 맛이 좋은 50대 초반의 그녀와 성실한 50대 후반의 약사분은 보기에도 너무 잘 맞는 사람들이었다. 그 어머니도 그 약사분의 바른 인성에 교제하는 것을 크게 환영하는 눈치였고, 그 둘의 사이는 금방 가까워졌다. 오랫동안 외로웠던 사람들이어서 그런지 서로에게 너무 잘하고, 대단히 헌신적이었다. 마치 오누이처럼 닮아 보이던 두 사람은 몇 달의 교제 후, 가까운 일가친척만 모시고 재혼을 했다. 그래도 성실하게 약국을 운영하며, 자기 재산을 잘 관리하던 사람이어서, 고향 동네의 좋은 곳에 아담한 전원주택도 마련해 두었다고 하였다. 1년 후, 그 둘은 고향에 내려가 약국을 개업하고, 그녀는 뜰이 넓은 전원주택에서 친정어머니와 같이 작게 농사도 짓고 꽃과 과일나무들을 가꾸며 산다고 하였다. 내게도 몇 번이나 놀러 오라고 했지만, 이런저런 바쁜 일로 내려가지는 못했다. 그들은 꽃밭 앞에서 환하게 웃는 모습을 사진으로 담아 내게 보내 주었다.

아… 행복이 뭐 별건가? 다정한 사람이 건강해서 나와 같이 있고, 그들과 농사지은 재료로 맛난 음식을 해서 먹으며, 사랑하는 서로를 위해 주는 아담한 공간이 있다는 것! 나는 그들이 오래도록 건강하고, 행복하기만을 간절히 바란다.

그레이스 미용실 언니

이 동네에 새로 와서, 모든 게 서툴 때였다. 내가 가던 분당의 미용실까지 가기가 멀어서 새로 어디를 가야 하는지, 찾아 다닐 때였다. 분주한 골목길 사이에서 웬 클래식 음악이 흘러나온다. 좀 조악한 음질로 보아 라디오에서 나오는 것 같았다. 게다가 내가 좋아하는 고소한 헤이즐넛 향의 커피 냄새가 난다. 안을 얼핏 보니, 좀 조악하지만 르네상스풍의 가구들로 제법 고상한 분위기의 미용실…! 나는 끌리듯이 그 안으로 들어갔다.

그 언니의 이름은 이미자. 나보다 2살이 많은 언니였고, 그래도 강남에서 한때 '그레이스'란 이름으로 일한 적이 있다고 했다. 그 미용실의 분위기며, 커피, 음악 취향 등은 강남에서 배워 온 것이겠다. 상냥한 그 언니와 나는 금방 친해졌다. 나는 미국에서 한국에 돌아올 때, 원두커피며, 초콜릿 등등을 가져다주었고, 그 언니는 외출할 때마다 공짜로 내 머리를 손질해 주고, 같이 빵이나, 고구마 등을 나눠 먹기도 하고, 때로는 중국집에서 배달 받은 짜장면과 짬뽕 등을 맛나게 먹기도 하였다. 하도 바빴던 탓일까? 그 언니에게는 자식이 없었고, 남편분이 계신데 퇴직해서, 등산이나 다니고, 바둑이나 두며 사시는 것 같았다.

어느 날이었다. 간단히 머리를 커트하려고 들렀는데, 언니의 얼굴을 보니, 갑자기 늙어 보이고, 눈가에는 다크서클이 빰까지 내려와 있었다.

'아! 무슨 일이 있구나…!' 나는 조심스레 그 언니의 얼굴을 살피며 물었더니, 그 남편분이 위암 선고를 받으셨단다. 1달 전부터 계속 소화가 안 되고 어지러워서, 큰 병원에서 검사를 했더니 위암 2기라고 한단다. 자식도 없는 그녀에게 남편은 하늘이자 땅인 것 같았다. 아무래도 미용실을 접고, 시골로 내려가 요양을 해야겠다고, 자신이 남편을 꼭 살릴 수 있다고, 언니는 힘주어 말했다. 분당 서울대 병원에서 위암 수술을 받고, 항암 치료를 하고, 순식간에 살던 아파트를 정리하더니, 1달 만에 미용실을 접고, 남편분의 고향에 있는 어느 친척집에 세를 얻어 간다고 하였다. 텃밭에서 유기농으로 농사를 지어 잘 먹이고, 공기가 좋은 곳에서 살면 나을 것이라는, 굳건한 믿음으로 언니의 얼굴은 상기되어 보였었다. 몇 달 뒤에 언니에게서 카톡으로 몇 장의 사진이 왔다. 언니는 꽃무늬의 화려한 몸빼 바지를 입고, 텃밭에서 그을린 얼굴을 하고서 들판에 흐드러지게 핀 들꽃처럼 환하게 웃고 있었다. 동네 경로당에서 '미용 봉사'를 하며 좋은 이웃들도 많이 생겼다는 언니와 몸이 많이 나은 듯이 편해 보이는 남편분의 얼굴에서 그들만의 행복을 찾은 듯이 보였다. 몇 달 사이, 미용실을 하며 그 안에서 늘 원두커피를 마시고, 라디오에서 클래식 음악을 듣던 나의 '그레이스 언니'는 시골에서 본명인 '이미자'로 이웃과 더불어 편하게 살고 있음이 분명했다.

"보고싶은 미자 언니…! 늘 그리운 언니.

그곳에서 남편분과 함께, 그리고 주위의 다정한 이웃들과 더불어 늘 행복하세요…!"

작가 후기

사실, 늘 한결같이 예민하고, 눈물이 울컥 쏟아져 나올 것 같던, 그래서 다소 민망하기도 했던, '나의 감수성'이란 복병이 60세 이후로 나도 놀랄 만큼, 급속히 줄어드는 것 같았다. 그래서 시간이 더 흐르기 전에, 내 감수성이 때론 파랗고, 때론 빨갛게, 제대로 내 안에서 소리치며, 꿈틀거리고 살아 있을 때, 나는 되도록 많은 글을 쓰고, 그 글들로 나의 책을 내고 싶었다.

미국의 내 딸아이들이 출판된 내 책을 보며, 내게 물었다.

"엄마, 왜 유럽이나 하와이, 알래스카 등등의 여행기를 쓰지 않아? 누가 보면, 생전 국내 여행만 하는 사람인 줄 알겠어…!"

물론, 농담 반, 진담 반으로 한 말일 것이다. 이전에 아이들을 데리고 열심히 유럽, 하와이, 캐나다, 알래스카 등 알려진 웬만한 여행지까지 다 데리고 열심히 돌아다녔지만, '스스로 선택한 나만의 여행'이라기보다는 아이들의 교육 목적으로 돌아다녔던 것 같다. 그래서인지, 늘 '소박한 나만의 여행기를 써야겠다.'라는 생각이 들었었다. 나 홀로 한국에서 단짝 친구와 둘이서 다녔던 소소한 여행부터, 마음 맞는 몇몇 친구들과의 해외여행 등등이 비로소 나만의 여행이었던 것 같다. 그래서 그 여행의 과정과 친구들과의 소소한 이야기들을 책에 담았다.

내 삶을 60이 넘게 살아오면서, 누군가가 "네게 과연 무엇이 가장 중요한 것 같으냐?"고 묻는다면, 나는 거리낌 없이 말하리라. 내가 선택한 사람과 만든 '내 가족'들과 쌓아 온 '추억과 사랑', 그리고 내 인생 후반기에 찾아온 내 책의 '출판 기회'라고 말할 것이다. 나에게 주어진 많은 시간을 오직 이 일에 매달리며 보냈다고 해도 과언이 아니다. 나는 늘 글을 쓰고, 또한 사진을 찍으면서, 내 머릿속에는 오직, 새 책을 만드는 일에 대한 열정만이 가득하다. "이렇게 재미있고, 보람 있는 일이 있다니…!" 그나마 나에게 이 정도의 건강과 시간이 주어진 것이 감사하다. 아무런 공간적인 제약이나 물질적인 제한이 없이 오직 내가 좋아하는 글만 쓰면 되는 편한 팔자라니…! 나는 늘 누군가에게, 그리고 무엇에든지, 감사하는 마음이 가득하다.

아름다운 가을의 햇살이 초로의 내 처진 어깨에 가득히 내리쬐고, 나에게 주어진 소중한 시간의 길 속으로 나는 오늘도 한 걸음, 한걸음씩 천천히 내디디며 걸어가고 있는 것이다.

2024년 가을에, 작가 김윤미

오랜 추억들이 붉은 꽃으로 찾아와

초판 1쇄 발행 2024년 10월 25일

지은이 김윤미
펴낸이 이기봉
편집 좋은땅 편집팀
펴낸곳 도서출판 좋은땅
주소 서울특별시 마포구 양화로12길 26 지월드빌딩 (서교동 395-7)
전화 02)374-8616~7
팩스 02)374-8614
이메일 gworldbook@naver.com
홈페이지 www.g-world.co.kr

ISBN 979-11-388-3628-9 (03810)